그대 이름은

그대 이름은

이영숙 소설집

바른북스

작
가
의
말

봄은 왔는데 아직 봄이 아닌 것 같습니다. 작년의 윤석열 대통령의 12·3 비상계엄 이후 탄핵소추와 52일간의 불법구속과 석방, 그리고 4월 4일의 탄핵 인용으로 진지전*에 승리한 종북, 종중의 실체와 지금까지 이 땅에는 거대한 '불법 카르텔'이 여기저기 똬리를 틀고 있음을 비로소 알게 된 것입니다.

저는 남한의 6·25 전쟁 이후의 비극적인 사건들의 원인 중 하나는 1952년의 발췌개헌에서 태동되었다고 봅니다. 완전한 대통령제도 내각제도 아닌 어정쩡한 타협이 결국 역사의 비극을 낳았습니다. 3·15 부정선거도 미국 같은 정·부통령 러닝 메이트였으면 발생하지 않았다고 봅니다. 야당의 후보인 조병옥 박사의 서거로 이승만 박사의 당선은 당연시되었고 부통령을 따로 뽑지 않았다면 무리한 선거 개입도 불필요했습니다. 4·19 혁명 이후 탄생한 장면 정권의 무능과 실정으로 5·16 쿠데타가 성공하자 내각책임제는 역사 속으로 사라지고 그 후 군사정권은 대통령제로 환원했지만, 부통령은 아예 없애버렸습니다. 5·18도 권력 공백 기간

---

* 이탈리아 공산당의 아버지라는 안토니오 그람시의 이론. 농업국에서는 폭력 공산혁명이 가능했으나 선진국에서는 불가능하므로 정치, 경제, 사회, 문화, 종교, 교육, 그 나라의 다양한 분야에 진지를 구축하고 영향력을 확대해서 마침내 사회를 주도하는 강력한 세력이 된 상태를 말한다.

에 선출되지 않고 행정관료 출신인 국무총리가 권력을 위임받았기 때문에 혼란을 수습하기가 역부족이 아니었나 싶습니다. 박근혜 전 대통령 탄핵도 마찬가지입니다. 부통령이 있었다면 잔여임기를 채우고 선거에 들어갔으면 극심한 혼란은 없었다고 봅니다.

1968년 5월 프랑스에서 학생과 근로자에 의해 일어난 68혁명의 다른 이름인 5월혁명으로 인해 그 후의 세계사는 엄청난 변화를 경험합니다. 평가는 각자가 다르겠지만 68혁명은 정치혁명이자 문화혁명이기도 했으니까요. 국내적으로는 1968년은 고요한 아침의 나라에서 한강의 기적으로 부르는 고속성장의 시대가 시작된 해이기도 합니다. 그해 저는 재수생이었습니다.

「방황 1」과 「방황 2」, 「주홍글씨 1」과 「주홍글씨 2」 사이에는 집필 기간 18년의 시차가 존재합니다. 그대 이름은 1과 2는 약 6년간의 시차가 존재합니다. 「실낙원의 별」은 2000년에 출간된 제 데뷔작 『순례자의 노래』에 실렸던 단편을 개작(改作)한 것입니다.

세 편의 콩트는 디저트가 되길. 수필 「영원한 베스트셀러」는 2024년 10년 27일 대회 약 반년 전에 씌어졌습니다.

이제 저는 입시전쟁에 취업 전쟁에 인생 이모작을 위한 자격증 따느라 바쁜 당신에게 제가 쓴 책 한 권이 작은 기쁨이 되었으면 좋겠습니다.

우리 가족에게 감사와 사랑을 전합니다. 독서가 외면받는 시대에 구도자적인 자세로 창작에 임하는 모든 선후배, 동료들에게도.

차례

작가의 말

68   9
수필-영원한 베스트 셀러   35
그대 이름은 1   41
그대 이름은 2   59
방황 1   75
방황 2   89
실낙원의 별   105
주홍글씨 1   125
주홍글씨 2   139
즐거운 나의 집   149
평양냉면   165
선생님   173
시인의 탄생   181

68

냉전 시대라 곳곳에 반공 포스터가 붙어 있었다. 전신주엔 성병약 광고도 붙어 있었다. 자정이면 어김없이 울려 퍼지는 통금 사이렌 소리는 밤의 적막을 깨곤 했다. 호주제도, 연좌제도, 검열도, 고문도 존재했다. 그해 난 성년이 되었다.

　성년이 된다는 건 오롯이 내 행위의 결과에 책임을 진다는 것인데 과연 난 그럴 준비가 되어 있었을까? 극장에, 다방에, 술집에도 마음대로 갈 자유. 교복이 아닌 옷을 마음대로 입을 자유만이 자유는 아닐 터이었다.

　연초 취임 후 첫 대통령 기자회견이 있었다. 경부 고속도로 건설과 제2차 경제 5개년 계획 추진이 발표되었다.

　난 지금 생각해 본다. 그때가 어떤 사람들에게는 불만의 시기였지만 엽전 의식에 젖어 있던 많은 국민이 성취 의욕을 갖게 된 건 사실이고 그만큼 역동적인 시기이기도 했다.

아버지는 지방에서 이발관을 했다. 가난한 농부의 차남이었던 아버지는 농사가 싫어 결국 청소년기에 친척의 소개로 도시에서 이발 기술을 배웠고 그는 직업에 만족했다. 아버지는 손님의 덥수룩한 모습이 말쑥하게 바뀌는 것이 즐겁다고 했다. 수입이 많지는 않았지만, 작은언니가 서독 파견간호사여서 난 운 좋게도 여대생이 될 수가 있었다. 지금과 달라 그것도 여자가 대학생이 되는 것은 쉬운 일은 아니었다. 소학교 교육만 받은 어머니의 자긍심은 명문대 학생이 된 나로 인해 한껏 부풀었다. 소녀 시절의 꿈이 시인이나 소설가였던 어머니의 설득으로 아버지의 의사와는 반대인 국문과에 입학도 가능했다. 아버지는 내가 교사가 되길 원했다.

그때 난 서울 변두리에 있었다. 난 자취방에서 밥해 먹는 시간 제외하곤 공부와 독서로 지냈다. 50년대의 60%였던 농업인구의 이농으로 서울은 팽창하고 있었지만, 펌프와 재래식 변소는 수도(首都)라지만 시골과 같았다.

학교에 전년도에 상륙한 미니스커트를 입고 오는 친구는 아직 없었다. 가끔 거울을 보며 여드름을 짜며 언뜻 성욕 때문에 괴로워하며 왜 불은 이리 잘 꺼진담, 투덜대며 나의 청춘은 시작되었다. 생리통과 함께 사랑니로 인한 치통도 고통스러웠다.

새해 벽두부터 일어난 1·21 김신조 무장 공작조의 청와대 습격과 푸에블로호(號) 납치가 내가 분단국에 산다는 걸 실감하게 했다. 월남에서는 구정 대공세(1월 31일 새벽 북베트남군이 14개 주요 도시에 대대적인 공세를 했다. 이 전투에서 북베트남군은 35,000명이 사살되고 5,800명이 생포됐지만, 미군의 손실은 전사 534명 부상 2,547명으로 이 공세로 미국이 받은 심리적 정치적 타격은 엄청났다)로 미국의 베트남에서의 승리에 대한 확신에 찬물을 끼얹었다. 월남전은 막강한 공군력을 동원하여 정글을 본거지로 광범위하게 분산된 게릴라를 상대했기 때문에 비용은 많이 들고 장기전이 될 수밖에 없었다. 민족주의와 결합한 사회주의의 힘을 과소평가한 미국의 패착으로 쉽사리 종전을 예상했던 월남전의 늪에서 미국은 지쳐가고 있었다.

내가 금순을 만난 건 버스 정류장에서였다.
"오라이!"
음성도 모습도 3년 전 교정에서 만났던 그대로였다. 유니폼과 베레모를 쓴 금순이는 차장(안내양)이 되어 있었다. 신장이 다소 커졌지만, 덧니와 보조개도 까무잡잡한 얼굴도 그대로였다. 몇 번 정원이 있고 피아노가 있던 그 애의 집에 놀러 간 적이 있었다. 파산한 그 애의 집 식구들이 서울로 갔다는 소식은 들었지만 이렇게 만나리라고는 상상하지 못했다. 사실 금순이와 난 친했었는데 그 후 난 편지 한 통 못 받았다. 그러나 금순이와 난 가벼운 눈인사만 나눈 채 헤어지고 말았다. 헤어진 금순이를 생각하니 난 왠지 마음이 불편했다.

나와 동갑인 사촌은 가발공장에 다니고 사촌오빠는 부산에서 신발공장에 다녔다. 난 교육을 받을 수 있다는 것에 감사했다. 그리고 미안했다.

말죽거리의 땅값이 전년보다 7배나 뛰고 식료품값도 뛰고 경부 고속도로 건설비용 충당하느라 올린 유류세로 석윳값도 40%나 뛰었다. 테네시주 멤피스의 한 호텔에서 마틴 루서 킹 목사가 피격되었다는 소식이 들렸다.

차창 밖으로 재개발 착공 소식이 들리는 판자촌 청계천의 모습이 보였다.

언제 가난한 조국이 선진국이 되나.

그때 나도 겉멋이 들어 방화보다는 외화, 트로트는 뽕짝이라고 천시하고 팝송이나 흥얼거리던 친구는 아니었지만 후진 국민으로 산다는 것이 싫었다.

내 자취방으로 가는 골목의 입구엔 땜장이가 구멍 난 양은냄비를 때우고 있었다. 연탄재도 어지럽게 널려 있었다.

자취방에 가니 어머니가 와 있었다.

"연락도 없이 웬일이야? 전보라도 치지."

"반찬거리 좀 가져왔다."

전화기가 귀하던 시절이었다. 주인집에도 전화가 없었다.

"현주 엄마가 아들 낳았다."

현주 엄마는 큰언니였는데 어머니는 큰딸의 득남이 마냥 기쁜 모양이다.

"아들이면?"

"첫딸은 살림 밑천이라 치고 둘째도 또 딸 낳아서 이번에 또 딸 낳으면 어쩌나 했는데 그래도 다행이야."

"아버지도 좋아하시겠네?"

"그럼, 말도 마라. 나도 네 밑으로 정길이 낳았으니 망정이지 그동안 시집살이가 말이 아니었다. 원, 아들을 내 맘대로 낳는 것도 아닌데 시어머니 눈치가 보여 힘이 들었지."

나의 혀 차는 소리에도 엄마의 말은 이어졌다.

"네 큰형부 말이 앞으로는 기성복 시대가 되어 맞춤복은 한물간다고 하더라."

큰형부는 양복재단사였다. 그때만 해도 양복 재단사라면 수입이 짭짤한 괜찮은 신랑감이었고 아버지의 단골이었는데 아버지의 눈에 들어 사위가 되었다. 큰형부는 월남한 실향민이었고 혈혈단신이었다. 사람은 성실하고 근면했다.

"그럴지도 모르지."

난 고개를 끄덕였다.

"어떤 사람들은 차도 몇 대 안 다니는데 고속도론지 뭔지 닦는다고 기름값만 올려놨다고 투덜대는데 내 생각은 다르다. 원 위에 있는 사람이 우리보다는 낫겠지. 그래도 미래를 생각해서 결정한 거 아니겠니?"

"다 엄마 같으면 정치도 쉬울 거야."

"보릿고개도 없어지고 한 해, 한 해 살림이 나아지고 있잖니? 가난한 살림 해봐서 안다. 나라 살림도 마찬가지겠지."

"……."

"그리고 명옥이 오빠 전사 통지서 왔단다."

명옥이는 내 여중 동창이었고 명옥이 오빠는 파월장병이었다. 명옥이는 살짝 곰보였지만 명랑한 친구였다. 여고 진학은 못 한 채 식당 하는 집안일을 돕고 있었다.

"명옥이 부모님들 많이 슬프시겠어요."

"부모는 산에 묻고 자식은 가슴에 묻는다고 하지만 그래도 산 사람은 산다. 죽은 놈만 불쌍하지."

하룻밤 주무시고 어머니는 아버지와 동생들 챙겨야 한다며 떠났다.

모란도 피고 라일락은 피었는데 그 봄은 내게 잔인한 봄이었다.

혜진.

그녀의 죽음은 그때 프랑스에서 68혁명 5월혁명이라 불린 신좌파 투쟁이 시작된 무렵이 아닌가 싶다. 중공식 문화혁명을 선언하고 부르주아 문명에 반기를 든 학생과 노조의 투쟁으로 결국 드골의 퇴진을 가져온 그 사건 말이다.

입학한 지 두어 달이라 그녀와 친해질 틈도 없었는데 그녀의 자살 소식을 들으니 무슨 이유로 죽었는지 궁금하기도 했다. 옷차림으로나 태도로 보아 상류층 자제임이 틀림없어 보였는데 가녀린 몸매에 서구적인 얼굴의 그녀는 왠지 다가가기가 좀 어려운 그런 친구였다.

고생이라고 해야 배고픈 고생이 제일이라고 어머니는 말했었지. 그 말의 의미를 알 것도 같지만 난 꿈 많은 소녀였다. 난 미래의 행복을 꿈꾸었다.

전문직 여성으로 인정받고 성공한 결혼도 하고 말이다. 내 동생들 공부시키는 데 돈 보태려면 좋은 직장에 취직하고 좋은 남편 만

나는 거였다. 밑으로 남동생만 둔 탓에 난 어머니에게는 기특한 딸이었다.

"혜진이 말이야, 어머니가 없었어. 혜진이 외가가 무안군 임자도인데 주민이 좌익이 많았나 봐. 전쟁 통에 친정이 반동분자로 몰려 몰살을 당했다나 생매장했다는 이야기도 있으니까. 혜진이 엄마는 시집을 갔기에 유일하게 목숨을 건졌는데 상심 탓인지 젊은 나이에 병사했대. 혜진이가 여섯 살 때였나 보더라. 혜진이 아버지는 재혼하지 않고 혜진이 오빠와 혜진이 남매를 기르셨나 봐. 여고 시절 몇 번 집에 갔지만 굉장한 부자야. 잘산다고 다는 아닌 것 같아. 혜진이 외로움을 많이 탔어."

혜진이와 여고 동창인 숙희의 말이었다.

혜진이는 동성애자였고 영어 선생님이 그녀의 성 상대자였다. 성 정체성에 고민하던 그녀는 결국 자살하고 말았다는 거였다.

우리보다 훨씬 잘사는 나라 자살률이 높다는 역사 선생의 말에 고개를 갸우뚱했었지.

"말도 말아. 일제 강점기 공출 때문에 밥은커녕 초근목피로 살았지."

아버지는 말했었다.

그래도 우리는 용케 살아남았는데 왠지 역사 선생의 말이 혜진이의 죽음으로 수긍이 되었다.

조국의 하늘은 코발트빛이었고 강과 산은 아직 오염되지 않았는데 전 지구적으로 총성은 울리고 음모와 공포는 진행되고 있었다.

여름

2년 연속 가뭄으로 남도는 타들어 가고 있었다. 냉장고가 보편화하기 전이라 얼음이 불티나게 팔렸고 가격도 폭등했다.

68혁명이 그 후의 유럽을 변화시켰듯이 그해는 우리에게도 엄청난 변화의 시대가 시작된 한 해이기도 했다. 고속도로로 인한 속도 혁명, 면직물 대신 나일론의 인기로 인한 플라스틱 혁명, 텔레비전의 보급이 늘어나기 시작한 미디어 혁명 말이다. 체제경쟁에서 남한이 자신감을 느끼게 된 해이기도 했다. 그때까지 북한이 우리보다 잘살았다는 걸 알게 된 건 훨씬 후이지만 말이다.

입학해서 난 그와 그녀의 얼굴이 사진보다 훨씬 못하다는 것과 누구누구와 내연 관계라는 걸 알게 된 것도, 문학가가 정신적인 귀족이 아닌 누구보다 속물적인 인간도 많다는 걸 알게 된 것도, 내가 재능이 없다는 것도, 깨닫게 된 것도 그 여름이 아니었나 싶다. 전쟁터에서 과연 아버지의 바리캉과 가위보다 내 펜이 더 유용할지도 회의가 들었다.

혜진의 죽음 이후 숙희와 난 친해졌다. 극장이나 음악 감상실 또는 다방 같은 곳에 우리는 같이 쏘다녔다. 가끔 내 자취방에서 석유 곤로 불에 양은냄비에 끓인 라면에 김치를 얹어 나누어 먹기도 했다. 숙희의 집에 가서 놀기도 얻어먹기도 했는데 숙희 부모는 아버지는 공무원 어머니는 전업주부였다, 퍽 다정하고 친절한 분들이었다. 형제가 많은 나와는 달리 군대 간 오빠와 숙희 남매였다.

비포장도로가 절반도 넘는 길을 다섯 시간 버스에 시달려 집에 도착하니 저녁때였다. 아버지는 손님이 없는 가게에서 석간을 보다 날 반겼다. 페인트로 그린 풍경화가 걸려 있는 이발소 풍경 속에 아버지의 모습은 수척해 보였다. 부엌에서 밥을 짓던 어머니가

"고생했다."

하시며 내 손을 맞잡았다. 수박 한 덩이 사 들고 옆에 사는 큰언니네 내외가 왔다. 가게 문 닫고 마당에 돗자리 깔고 식구들이 모여 앉았다. 정길이는 공부한다고 자기 방에서 나오지 않고 순길이와 영길이는 자고 있었다.

"처제 몰라보게 숙녀티가 나네."

큰형부가 말했다.

난 빙그레 웃기만 했다.

"인덕이도 편지에 잘 있다고 하지만 외국 생활이 그렇지. 말도 잘 안 통하고 일은 또 얼마나 힘이 들겠어?"

인덕이는 서독 간 작은언니의 이름이었다. 큰언니의 말에 우리 식구 아무도 대답하지 않았다.

"원, 가뭄이 심해 올해는 흉년이겠구먼."

아버지가 말했다.

"걱정입니다. 전라남도가 흉작이면……."

큰형부가 말했다.

"옛날에는 임금님이 기우제 지내 민심을 달랬지만……."

아버지는 입맛을 다셨다.

"교육 평준화한다고 하는데 공부 신통치 않은 대통령 아들 때문이라는 이야기도 있어요."

큰형부의 말에 아버지는 빙긋이 웃기만 했다.

"순덕이 넌 요새 뭐 좀 쓰니?"

큰언니가 물었다.

"국문과라고 다 시인이나 소설가가 되는 건 아니지."

난 어색하게 웃었다.

"난 네가 김은국처럼 유명한 작가가 되었으면 하는데."

큰언니의 말에 나도 미소했다.

6월 초 한 달 체류 계획으로 재미작가 김은국이 왔다. 아마 실존주의가 무슨 말인지도 모르고 유행처럼 번지던 때였다. 알베르 카뮈의 모습을 닮은 그의 모습은 변변하게 외국에 알려진 국내 작가가 없던 그때 내겐 부러움의 대상이었다. 난 『순교자』 번역판뿐 아니라 영어판도 사전 찾아가며 보았다. 1964년 사르트르가 노벨상을 거부했는데 언제 우린 그런 호사를 누려보나 싶었다. 시몬 보발과의 계약 결혼도 젊은이들에게는 화제였다.

김수영 시인이 교통사고로 사망했다는 비보를 들었다.

"병숙이네는 미국에 이민 갔대요."

그녀는 큰언니의 친구로 미인이었고 외가의 중매로 서울로 시집 갔다. 남편은 의사였고 시집이 부잣집이라 소문났었다.

"원, 미국, 미국 하지만 그래도 내 나라가 좋지. 미국 가서 김치도 된장도 맘대로 못 먹고."

어머닌 인덕이 언니 생각이 나는지 울먹였다.

"그래도 미국 좋다고 위장 결혼까지 하며 이민 가는 편인데?"

큰언니가 입을 삐죽였다.

"얼마 전에 로버트 케네디도 총 맞아 죽었지? 툭탁하면 총기 사고니 뭐니 하니 무서워서 어찌 사노?"

아버지가 말했다.

"사는 거야 다 운명이지요. 저 보십시오. 포탄 속에서도 용케 죽지 않고 살아 이렇게 장가도 가고 아들딸 낳고 사는 거 아녜요? 며칠 후에 온다고 하고 고향 떠나서 부모님 못 뵌 지 벌써 20년이 돼 가고 있잖아요."

말을 마친 큰형부의 눈가는 젖어 있으리라. 밤이라 잘 보이지는 않지만.

그 밤의 대화는 시간이 지난 이후도 잘 잊히지 않는다. 그때의 마당과 함께 아마 우리의 비극은 우리의 자녀들이 우리가 팽이치고 제기 차고 딱지치고 말타기 놀이하고 땅따먹기하고 공기놀이하고 소꿉놀이하고 고무줄놀이하고 연날리기하던 그 마당을 잃어버린 것처럼 나의 세대도 수박, 참외, 감자, 고구마, 옥수수 먹던 그 마당과 오순도순 모여 앉아 밤 까먹던 겨울의 질화로를 잃어버린 것이 아닐까?

집에 와 나는 명옥이가 고향을 떠난 걸 알았다. 나는 친구들과 만났지만 버스에서 만난 금순이에 관한 이야기는 하지 않았다. 동생들 공부 가르쳐 주며 어머니의 가사도 짬짬이 도우며 나의 여름방학이 끝날 즈음 중앙정보부의 통일혁명당 일망타진 발표가 있었다. 158명이 관련된 대규모 간첩단 검거였다. 대략 내용은 이렇다.

한국전쟁은 남한에서 남로당이나 사회주의자들을 청산하는 결과를 가져왔다. 4·19 혁명을 계기로 혁신세력과 좌익 인사가 활동 재개를 모색했고 일부 학생들은 "가자 북으로! 오라 남으로!"라는 구호를 내걸고 남북 학생 회담을 추진하기도 했다. 4·19 혁명 이후 집권한 장면 정부는 분출하는 저항을 통제하지 못하고 허약한 지도력과 계파 싸움으로 사회는 상당한 혼란에 빠졌다. 반공을 내세운 5·16 쿠데타의 성공으로 좌익 인사들은 다시 수면 아래 잠복해야 했다.

북한은 4·19 혁명을 거치면서 남한 내 혁명 역량을 강화하고 민중 봉기를 지도해 종국적인 승리를 가져온다는 전략으로 간첩 김수영을 임자도에 침투시켜 동생 김수상과 외삼촌 최영도를 포섭하여 차례로 월북시킨다. 6개월간 간첩교육을 받은 김수상은 평소 알던 대구 출신의 김종태를 북한 대남 공작 지도부에 적극적으로 추천한다. 대구 폭동의 가담자인 김종태는 남파 간첩 김수상에 의해 포섭되고 1964년 3월 임자도를 통해 월북해서 조선 노동당에 입당 공산주의 사상 교육과 간첩 교육을 받고 주변 인물을 포섭하고 지하당을 건설하고 출판물을 통한 반미 반국가 사상을 고취하라는 지령을 전달받고 다시 남으로 귀환한다.

김종태는 1964년 6월경 조카 김질락과 서울대 동문인 김진환과 이문규와 월간지 『청맥』을 창간 운영하고 1965년 11월경 통일혁명당을 창당한다. 창당 선언문을 통해 김일성의 주체사상이 당의 지도 이념임을 밝히고 '민족 해방 통일 전선' 결성을 목표로 1970년까지 결정적 시기에 일제히 봉기하여 폭력 투쟁을 통한 공산 정권의 수립을 획책했다. 또한, 통일혁명당은 지하당 조직 확산과 영리 창출을 목표로 학사주점을 운영하였다. 학사주점은 '대화의 광장'이라는 자유 게시판도 만들어 젊은이들이 현실을 비판하도록 만들고 '이동문고'를 만들어 진보적 비판적 서적의 보급에도 힘썼다. 새 문화 연구원 청년 문학가협회, 불교 청년회, 동학회, 민족주의 연구회, 경우회, 기독 청년 경제 복지회, 청맥회 등의 단체를 만들어 세력을 확대하였다.

지금의 나는 생각해 본다.

누군가의 밀고로 전모가 밝혀지지 않았다면 어떻게 되었을까?

타들어 가는 남도. 중국에서는 문화혁명의 광풍이 월남에서는 정글에 고엽제가 뿌려지고 소련의 침공으로 체코의 프라하의 봄은 끝나고 잔혹한 여름이 끝나가고 있었다.

그리고 그해 여름 난 동생을 잃었다. 뇌막염으로 순길이는 세상을 떠났다.

가을

캠퍼스에서 만난 숙희의 얼굴은 햇볕에 그을려서인지 다소 검어졌다.

"어쩐지 분위기가 이상해서……."

숙희는 명동의 학사주점에 갔었노라고 나에게 고백했다.

"오빠가 제대했어."

숙희가 말했다.

숙희의 오빠는 그동안 사진 속에서만 보았는데 중키에 호남형의 얼굴이었다. 상대에 다니다 입대했는데 다음 해에 복학한다고 했다.

숙희와 만남을 통해 나도 어느새 숙희 오빠와도 친숙한 사이가 되어갔다.

아마 숙희와 숙희 오빠와 명보극장에서 「장군의 수염」을 본 건 초가을의 어느 날이었다. 이어령 원작, 이형구 감독, 신성일, 윤정희 주연의 문예영화였다. 한국 최초의 애니메이션이 삽입된 영화이기도 하다.

그때 좀 배웠노라고 하는 친구들은 된장 푸는 국산 영화는 시시하다고 잘 안 보았다. 트로트 가요는 뽕짝이라고 무시하고 「탑툰쇼」나 「세시의 다이얼」 같은 팝 음악을 즐겨 듣던 그럴 때였다.

속칭 종삼이라는 홍등가가 서울의 중심부인 종로3가에 자리 잡고 있었다. 150여 동의 무허가 건물이 난립하고 있었고 천여 명이 넘는 윤락여성 포주 삐끼들이 존재하고 있었다. 종삼이 철폐된다는 소식이지만……. 10월 13일 멕시코 올림픽이 개막되고 10월 15일 최초의 예비고사 실시가 있었다. 11월 초부터 울진 삼척 지구에 60명의 공비(共匪)가 침투하여 국민이 뒤숭숭했는데 11월 하순에는 남대문 시장에 불이 나 천여 개의 점포를 전소시켰다.

  그 가을 신춘문예에 응시할 단편 하나 못 쓰고 난 숙희 오빠에게 입술을 내주고 말았다. 불볕더위가 지나고 찾아온 열병 속에……. 문인협회의 『월간문학』이 탄생했다. 이웃 나라의 가와바타 야스나리가 노벨문학상을 받는다는 소식이다. 그 정도의 작가는 우리도 많은데 국력을 탓하는 교수들에 어쩐지 꼭 동의하긴 어렵지만. 낙엽 따라 젊은 나이에 가수 차중락도 가버렸다.

겨울

  국민교육헌장이 선포되는 날.
  혁명 공약 외우느라 골치 아팠는데 난 또? 하고 투덜댔다.
  무리하게 추진했던 제6회 70년 아시아 올림픽도 1억 원의 손해를 감수하고 반납하고 방콕에서 개최하기로 했다.

> 커피 한 잔을 시켜놓고 그대 올 때를 기다려 봐도
> 웬일인지 오지를 않네! 내속을 태우는구려
> 아 그대여 왜 안 오시나 아 내 사랑아 오 기다려요
> 불덩이 같은 이 가슴 엽차 한 잔을 시켜봐도
> 보고 싶은 그대 얼굴 내 속을 태우는구려
> 내 속을 태우는구려

8분이 지나고 9분이 와요 1분만 있으면 나는 가요
내 정말 그대를 사랑해요 내 속을 태우는구려

발매된 지 얼마 안 된 따끈따끈한 펄시스터즈의 「커피 한잔」을 듣고 난 웃었다. 1시간이던 코리안 타임이 드디어 10분이 되었구나.
"정길이가 전교 1등을 했다."
겨울 방학에 내려가니 아버지가 동생 자랑을 했다.
"대학은 어디 간대요?"
"난 의대 보내고 싶지만 아무래도 지방이라 합격이 어렵겠지?"
"……."
"본인이 알아서 하겠지."
아버지는 매사에 간섭보다는 우리의 의견을 존중해 주는 편이었다.
"어디 말처럼 쉬어? 막내 영길이도 몸이 약해 탈이다."
아버지의 가장의 무게가 안쓰럽게 느껴졌다. 지난여름 떠나보낸 순길이 때문에 우리 가족 모두 힘들었다.
"참, 한 서방도 대단해. 가족계획 한다고 정관수술 했잖니. 가지 많은 나무에 바람 잘 날 없다고 자식 많아야 고생이지. 앞으로는 교육도 많이 해야 되고 돈도 많이 들 거야."
어머니는 사위의 결단을 좋게 평가했다.
아버지가 텔레비전을 사 온 건 아폴로 8호가 달 궤도 선회를 앞둔 일주일 전이었다.
36만 8천 km의 달 궤도 선회를 마치고 귀환한 우주인은 말했다.

달은 마치 모래사장 같다고.

달의 신비는 드디어 벗겨졌다.

아폴로 8호의 역사적 귀환이 있던 날.

난 독감으로 이불을 쓰고 누워 있었다. 나의 청춘이 시작되던 1968년 한 해가 저물어 가는데 1968년의 일기를 재구성해 보았다.

많은 시간이 흘렀다.

1991년 8월 소련이 붕괴하고 이념의 시대는 끝났다. 인류의 경제적 구원을 약속했던 순진한 사회주의 이념의 사망으로 냉전은 끝났지만 그렇다고 세계가 더 평안해진 것도 아니다. 동구권에서 공산주의가 무너진 직후 프란시스 후쿠야마는 『역사의 종언과 최후의 인간』에서 냉전이 끝나고 이데올로기 간의 갈등이 사라졌다고 주장했다. 따라서 미래에는 자유주의와 자본주의의 영원한 승리만 있고 이제 인류에게는 영구적인 평화가 지속할 것이라고 예견했다. 그러나 예측은 빗나갔고 지루한 평화가 아닌 대량 파괴 무기의 확산과 테러리즘으로 세계는 이전보다 훨씬 불안정해졌고 예측할 수 없어졌다.

네오콘의 계획으로 아프가니스탄과 이라크에서 벌인 전쟁으로 미국의 적은 공산주의가 아닌 이슬람 근본주의자 테러리스트가 되었다. 규제 철폐와 세계화로 국가의 경제가 다른 국가에 엄청난 영향을 줄 수 있다는 걸 서브프라임 사태가 확인시켜 주었다. 정보 통신의 발달로 지구화 시대는 진행되고 사이버 경제로 경제의 국경도

허물어지고 있다.

그동안 한국은 보릿고개를 넘기고 10위권의 경제 대국으로 성장하기까지 열심히 달려왔다. 이제 한국은 고요한 아침의 나라가 아닌 백색소음(전자소음)이 넘치는 나라가 되었다.

이제 나는 사랑니로 고통받던 청춘은 끝나고 노년이 되었다. 부전공으로 교직과목을 이수하고 졸업한 난 사립 고교에 국어 교사로 취직했다. 숙희 오빠와의 첫사랑은 끝나고 지금의 남편을 만난 것은 첫 근무지였다. 남편은 직장의 동료였다. 수학 교사였던 남편은 모범적인 청년이었다. 평탄한 결혼생활과 안정된 수입으로 난 친정 부모에겐 동생들의 학비를 쾌척하는 착한 딸이었고 든든한 동생이고 누나였다.

OECD 국가 중 최상위 노인 빈곤율로 절반이 노년의 가난으로 시달린다는데 난 어머니보다 15년은 젊어진 신체 나이로 중산층의 안락한 삶을 즐기고 있다. 시아버지에게 상속받은 임대 건물에서 나오는 임대 수입과 은행 예금의 이자 수입과 연금으로 말이다. 내 자식들도 사회에서 나름대로 제 몫을 하고 있다. 젊은이들이 연애, 결혼, 출산을 포기한 3포 시대에서 집과 인간관계를 추가한 5포 시대를 지나 꿈과 희망마저 포기한 7포 시대까지. 나는 나의 행복이 누군가에게는 가끔 미안해서 복지 단체에 약간의 기부금을 내면서 위안을 얻는지 모른다. 1억 5천 명의 아동이 노동을 착취당하고 매춘에 희생되는 것 때문에 기아와 질병으로 죽어가는 아프리카 난민 때문에 나는 가끔 분개하지만 어쩜 며칠 전에 죽은 반려견의 죽음을 더 슬퍼하는 건 아닐까 하고 자문해 본다. 지리적 거리는 어쩜 심리적 거리인지도 모른다.

　나와 반대로 숙희의 인생은 불행의 연속이었다. 몇 차례의 결혼은 실패로 돌아갔고 거기다 건강마저 잃어버렸다. 딸의 교통사고로 인한 죽음도 그녀의 병세를 재촉했으리라. 숙희 오빠는 이민 가 재미교포와 결혼해 살고 슬하에 1남 2녀를 두고 있다고 했다.

　이제 아버지가 하던 거품 면도와 키잡이 의자가 있고 페인트 화가 걸린 이발소도 형부가 다니던 맞춤 양복점도 찾아보기 힘들다. 90년대 이후 퇴폐이용소 탓에 이미지 추락으로 이발관 수는 대폭 감소했고 미용실은 여자만이 아닌 남녀 공용의 장소가 되었다. 기성복에 밀려난 양복점도 이제는 찾아보기 힘들다.

　아버지는 말년에 막냇동생의 전도를 받아 교인이 되어 열심히 신앙생활 하다 10년 전에 잠자듯 돌아가셨다. 어머니는 아버지보다 8년 빨리 췌장암으로 돌아가셨는데 금실이 좋은 편이라 늘 어머니를 그리워했다. 큰언니 내외는 상경해서 세탁소 하다 자식 다 결혼시키고 말년에 고향의 전원주택에서 행복한 노년을 보낸다. 큰형부는 탈북민인 누나의 아들 곧 조카를 만나서 이북의 고향과 친척의 소식을 들었다. 작은언니는 서독에서 만난 독일인과 결혼해 독일에서 살고 있다. 가끔 한국에 다니러 온다. 동생들도 나름대로 성실한 삶을 살았다. 정길이는 대기업 임원으로 있다 퇴직하고 막내인 영길이는 출판사를 운영하고 있다.

　우리가 이룩한 산업화와 민주화.

그것은 엘리트의 산물이 아닌 우리 세대의 피와 땀과 눈물의 결과이리라. 영화 「국제시장」의 덕수와 영자처럼 고난의 파고를 헤쳐온 우리 세대.

"난 동의할 수 없어. 민주화를 이룬 건 그들만의 공로가 아니야. 그들이 데모하는 동안 그들이 감옥 가는 동안 그들이 죽어가는 동안 우리도 도서관에서 연구실에서 미래를 준비했고 산업 현장에서 죽어갔어. 왜 나라고 그 자리에 있고 싶지 않았겠어? 밤이면 노동의 무게 때문에 지쳐 있는 아버지와 어머니, 누나들의 지친 눈빛을 생각하며 난 도저히 그 자리에 있을 수 없었어. 우리가 세계를 누비며 땀을 흘리며 뛰지 않았다면 그래서 물질적 성장의 토대가 없었다면 중산층이 형성되지 않았다면 과연 민주화가 가능했을까? 반대만 한다고 무얼 할 수 있어? 운동권이 그들만의 도덕적 우월감과 순혈주의로 역사를 부정하고 그들만의 독선과 아집에서 벗어나지 못하는 그들이 딱해."

정길이는 말했다.

막내와 내 나이 차이는 15년의 차이가 났다. 80년대 군부독재 시대에 대학을 다닌 막내는 한때 운동권이었다. 독일 통일과 동구권의 몰락으로 환상에서 깨어나 전향을 했지만, 한동안 정신적으로 공황 상태였다. 지금은 부인이 된 여자 친구의 전도로 기독교를 받아들이고 집사까지 된 것은 정말 신의 섭리이리라. 막내는 늘 나를 만나면 전도했지만 난 그저 웃기만 했다.

중동의 지도가 1차 세계대전 이후 외세에 의해 종족과 문화는 무시되고 국경이 정해지듯 우리도 얄타회담의 결과로 우리의 의사와는 무관하게 38선이 그어졌다. 그렇다고 우리는 언제까지 남 탓만 해야 할까? 한국전쟁이 외세만의 잘못 때문일까? 임정(臨政)을 대표하던 김구 주석이 국제 정세에 대한 해박한 지식을 가지고 전쟁 막바지에 참전을 결정했더라면 그래서 유엔 참전국의 지위를 가지고 우리가 국제사회에서 발언권을 가졌더라면? 해방 후 우리끼리의 극심한 분열과 대립이 없었다면? 지금과는 다른 양상이었을 수도 있지 않을까?

휴대전화 벨이 울렸다.
"사부인."
금순이의 음성이었다. 그해 봄에 스쳐 만났던 금순이가 나의 사돈이 되리라고는 정말 몰랐다 금순이는 내 딸의 시어머니이다.

서울로 온 금순은 병든 아버지 대신 어머니와 가장의 짐을 나누어서 져야 했다. 어머니는 식당 일을 나가고 동생들 3명이나 공부시킨다는 것이 쉬운 일은 아니었다. 저임금과 몸수색이라는 인권유린 속에서 말이다. 금순이 남편은 회사원이었고 그녀는 말죽거리에서 타워펠리스까지 달려왔다. 복부인이라는 것이 메달일 순 없지만, 흉터도 아니라고 금순이는 말했다. 필드에 서면 버스 간의 짐짝이었던 자신의 젊은 날을 돌아보게 된다며 그녀는 말했다. 삼풍백화점 붕괴 5분 전에 나온 것도 억세게 운이 좋았다고 그녀는 웃었다. 특목고, 명문대를 나온 그녀의 차남이자 내 사위는 딸과 캠퍼스

연인으로 강남 좌파다. 자식들 결혼시키고 금순이는 검정고시도 하고 방통대도 할 만큼 야무졌다. 그러면서도 김치는 관리실에 맡기고 가는 일등 시어머니기도 하다.

"진작 정부가 초동 대응을 잘했으면 이 지경까진 안 되었을 것 아니야? 명옥이는 자택격리 되었대. 아는 사람 병문안 갔다가."

학창 시절 곰보였던 명옥이는 성형으로 이미 곰보 자국은 없어졌고 남편과는 사별하고 미혼인 딸과 살고 있다.

한국을 공포로 물들였던 메르스 사태에 관한 이야기가 나오는 관계가 없을 것으로 생각했지만, 금순이는 친구였던 명옥이가 메르스 때문에 격리되었다고 말했다.

"영길이도 친구 병문안 갔다가 자택격리 되었다고 하더라. 출근도 못 하고 힘들겠지."

"처음부터 병원 공개를 했으면 이 지경 안 되었을 것 아니냐. 2차 감염은 없었겠지? 아무래도 삼성서울병원을 복지부가 의식한 것 아니겠어. 삼성 공화국이니."

"한밤중 박 시장의 긴급 기자회견이라 깜짝 놀랐지. 사실관계가 틀린 것으로 밝혀지고 한 의사의 인권과 프라이버시는 엉망이 되었지만 적어도 정부의 방향 선회는 이끈 셈이니."

"본래 말이 있잖아. 사실이 한 발짝 반 뗄 때 뜬소문은 지구를 일곱 바퀴 반이나 돈다고. 지금은 질병보다 더 무서운 공포라는 병이 이 사회를 휩쓸고 있잖아. SNS 세상에 비밀주의가 먹혀든다고 생각한 거야말로 웃기는 거지."

"사우디 다음으로 은메달이니까."

"모든 낙관적인 예측은 빗나가고 오죽하면 코르스라 그러겠어?"

"이번 일로 우리의 민낯이 모두 드러난 것 아니겠어? 보건 당국의 늦장 대응, 허술한 응급 의료 체계, 후진적 병실 문화, 중앙정부와 지방정부의 엇박자, 낙후된 시민의식. 이번 사태로 우리 사회의 경박함과 합리성 결여가 드러난 거지. 그래도 시행착오를 겪으며 우리나라도 안전 국가가 되겠지 언젠가는."

"난 너의 그 낙관주의가 좋다. 곧 메르스는 진정되겠지만 중부의 가뭄 때문에 걱정이야. 농작물은 타들어 가고 하천과 양식장의 어류는 폐사하고 소양강댐은 담수율이 최저 수준이라잖아. 기후 변화로 여름은 한 달 빨라지고 120년 만에 찾아온 가뭄 때문에 올해 농작물값은 이미 폭등하고 있고 이번 여름도 힘이 들겠지."

"경제가 걱정이야."

1918년 스페인독감으로 약 5천만 명, 1957년 아시아 독감으로 약 백만 명, 1968년 홍콩 독감으로 약 80만 명, 1977년 러시아 독감으로 약 백만 명이 죽었다. 인공위성을 쏘아 올리면서 아직 인간은 바이러스 치료제를 발명하지 못했다는 아이러니다.

지난해엔 온통 세월호로 온 국민이 집단 우울증에 빠져 국가 경제에 주름살을 주었었다. 아직 광화문의 텐트가 철거되지도 않았는데 올해도 역시 메르스 파동으로 난리니 저성장의 늪에 빠진 한국 경제에 이미 엄청난 타격을 주고 있다.

전염병이야말로 제국의 멸망과 역사의 전환을 가져온 동인(動因)

이 아니겠는가?

확진 환자 126명, 격리 3,680명, 사망 13명이라고 하는 6월 12일 현재 질병관리본부 집계. 매일 계속 상향 곡선을 그리는 이 수치가 언제 진정될까?

헌정사상 최초의 헌재 결정으로 이루어진 통진당의 해산으로 치러진 재보궐 선거에서 4:0으로 완패한 야당의 비노와 친노 싸움도 언제 봉합될지 분당할지 모르고 공무원 연금 개혁 과정에서 국회법 시행령 개정으로 촉발된 여당과 청와대의 당·청 간의 갈등도 어떻게 될지 모른다. 동토(凍土)의 왕국에서 3대 세습한 젊은 김정은이 벌일지도 모르는 무모한 핵 도발도 끊임없이 들리는 북한이 붕괴하리라는 예측도 모르듯이.

큰형부가 분개하는 것처럼 좌파 정권의 68억 달러의 햇빛의 일조량이 핵으로 돌아온지는 알 수 없지만, 아직도 불안한 한반도.

난 오후에 약국에 들러 세정제와 마스크를 살 생각이다.

외출했던 남편이 돌아왔다.

"오늘 저녁은 잔치국수가 먹고 싶군."

남편의 말에 난 빙그레 웃었다.

난 소소한 일상, 단란한 식탁이 즐겁다. 난 맞벌이를 하면서도 주부의 일도 소홀히 하지 않는 억척 주부였다.

창밖으로 보이는 정원의 녹색 식물들이 싱그럽다.

"참, 당신 윤식이 알지?"

"알죠."

"그 친구 고명딸이 결혼한다고 청첩장 보내겠대. 만혼인데 신랑은 5년 연하라나."

"역시 골드미스라 능력 있네요. 그런데 신랑은 뭐 한대요?"

"같은 직장의 부하인가 봐."

나는 젊은 날을 상상하곤 웃었다. 프랑스의 68혁명으로 유럽의 성 문화가 바뀐 이후 한국도 엄청난 성 문화의 변화를 겪었다. 사문화된 간통법도 얼마 전 폐지되었다.

한국도 표면적으로는 보수적이지만 알고 보면 음성적인 향락 문화가 판치는 나라이다. 이제 결혼은 필수가 아닌 선택이고 성은 개방되고 서울광장에서 퀴어 축제도 열리고 있다. 5월 28일 아일랜드는 동성혼을 국민투표로 합법화했다. 이제 결혼의 개념도 가족의 개념도 내 젊은 시절과는 다르다. 문화침략도 세균처럼 방어하기 어려운지 모른다.

"이제 나이가 드니 내가 누리는 작은 행복마저도 나만이 아닌 많은 다른 이들의 도움 없인 힘이 들었다는 생각이 들어요."

내 말에 남편은 빙그레 웃기만 했다.

"엄마. 병원에 갔더니 임신이래. 벌써 6주래요."

딸의 들뜬 목소리였다.

"축하한다."

내 전화를 들으며 남편도 활짝 웃는다.

자식이 많지 않냐? 물으면 우리 부모는 다 태어날 때 저 먹을 건 갖고 태어난다고 결혼시키면 많지도 않다고 했었다. 딩크족이 되어

둘이서만 재미있게 산다던 딸과 사위가 마음을 바꾼 건 다행이다 싶었다. 동생들 돌보느라 지친 것 때문인지 금순이는 시어머니로서 자식이 자식 안 갖는 것을 별로 탓하지 않았다. 세계 최하위 출산율로 이대론 2300년이면 한반도에 1명도 존재하지 않는다는데 애국한 셈이니 말이다. 내가 타 준 커피를 마시고 남편이 말했다.

"우리도 이번 가을에 프랑스에 사는 아들네 집에나 한번 다녀오자고. 황혼이혼 하는 부부도 많은데 우린 잘 살고 있잖아. 무엇보다 까칠한 날 참아준 당신이 고맙지."

11월 13일 파리 테러로 우리 부부의 여행은 연기되었다. 5월 20일 첫 환자가 확인되고 12월 24일 172일 만에 감염자 186명, 사망률 20.4%로 6조 원의 경제적 손실과 함께 메르스는 종료되었다.

참고문헌

「진보의 그늘」, 한기홍
「제국의 몰락」, 가브리엘 콜코

수필

영원한 베스트 셀러

　부활주일인 1885년 4월 5일에 제물포항에 장로교의 언더우드 선교사와 감리교의 아펜셀라가 함께 입국한 지 139년이란 세월이 흘렀습니다. 그들이 입국하기 전 만주에서 활동하던 스코틀랜드 선교사 로스에 의해 한글로 번역된 누가복음과 요한복음서가 수백 권 한국에 반입되어 팔거나 배포했습니다. 로스의 또 다른 편지에 의하면 권서 류순천은 1883년 병문안 차 고향인 평양에 방문해서 성경을 보급하며 전도를 시작했습니다. 로스는 서상륜에게 두 상자의 성경을 주어 서울에서도 복음 전도가 되도록 하였습니다. 이는 한국의 기독교 선교가 선교사들이 들어오기 전에 한국인 권서들에 의해 이미 시작되었다는 사실입니다. 선교사들은 복음을 전하러 가서 권서들이 피와 땀으로 일궈놓은 사명의 땅이 그들을 기다림을 보고 감격했습니다.

　그들은 하루에 둘씩 짝을 지어 하루에 100~150권의 성경을 '복음 궤짝'이라 불리는 상자나 봇짐에 넣어 짊어지고 다니면서 팔았습니다. 사람들이 밀집해 있는 장터나 교도소, 병원, 나환자 수용소, 매춘 굴, 도박판, 아편 소굴, 궁궐, 나루터, 학교, 심지어는 산중 절에까지 찾아갔습니다. 이처럼 한국교회사에서 이름 없이 빛도 없이 성경을 반포한 이들이 수천 명 있었는데 이들이 권서인(勸書人)입니다. 권서는 그 사역의 특성상 사명감이 투철한 굳건한 신앙인이면서 판매에 소질이 있는 사람이어야 했습니다. 권서들은 상류 지식층을 상대하기 위해 논어, 맹자 등 고전도 배우고 미신적 사고를 가진 사람들을 각성시키기 위해 과학 지식도 배웠습니다. 무엇보다 성경에 대한 해박한 지식을 갖추어 필요한 경우 성경 구절을 자유롭게 인용할 수 있도록 교육을 받았습니다. 권서들은 하루 백 리 길을 걸어가서 성경 하나를 팔고 꽁보리밥에 짠지 하나를 얹어서 도시락을 먹고 벌레가 득실거리는 객사에서 잠을 자야 했습니다.

나라의 주권을 빼앗기고 헐벗고 굶주린 가난한 백성들에게 생활필수품도 기호품도 아닌 성경을 판다는 것은 쉬운 일이 아니었습니다. 더구나 당시에는 문맹이 많아서 한글을 모르면 아예 한글을 가르쳐서라도 성경을 팔았습니다. 그들은 성경 말씀만이 암울하고 절망적인 조선의 백성들을 구원한다고 믿었기에 고통과 환난을 감내하며 적극적으로 복음 사역에 투신했고 그들의 희생의 결과로 한국교회는 점점 견고히 서고 부흥할 수 있었습니다.

구한말 우리나라를 근대화시킨 핵심세력도 6 · 25 전쟁에서 가장 많이 피를 흘리고 싸운 사람도 기독교인들이었습니다. 공산주의가 주로 공격하는 것이 기독교 사상과 함께 가정입니다.

"20세기의 모든 성혁명은 마르크스주의에 그 영적 기원을 두고 있다.

따라서 이 이데올로기를 실천했던 사람들이 국가의 공포정치를 통해 모든 사람들을 예속시키고, 그들이 주장하는 '유토피아'로 가는 길에 서 있던 셀 수 없이 많은 사람들을 학살했다는 사실을 좌파 지식인들은 조금도 개의치 않는다."고 저명한 사회학자인 가브리엘 쿠비는 『글로벌 성혁명』에서 말하고 있습니다.

성혁명은 전통적인 이성 간 일부일처제의 결혼을 벗어난 성관계를 받아들이자는 것입니다. 성정체성 파괴로 결혼과 가족제도가 붕괴되었습니다.

68혁명 이후 문명은 지금 황혼을 맞이하고 있습니다. 유럽 68혁명 세대들의 반문화 운동과 반철학 운동으로 인한 내재적 반계몽주의 그리고 반휴머니즘인 포스트 모더니즘은 결과적으로 허무주의적이고 냉소주의적이고 문화비관주의적인 각종 '죽음의 철학'을 생산했습니다.

제 인생의 청동시대는 습작(習作)으로 고통스러웠습니다. 그때는 컴퓨터도 없어 잉크 펜으로 원고지에 썼었죠. 잉크도 많이 엎지르고 팔과 손이 많이 아팠습니다.

소설은 인간 중심의 문학이므로 인간에 관한 연구와 성찰이 필요하며 시대를 조명하고 어려운 창작 환경에서도 참된 가치를 중시해야 한다고 생각합니다.

역사 왜곡과 증오의 철학이 담긴 작품들이 얼마나 많은 사람을 잘못된 길로 인도합니까? 서구의 오염된 사상과 풍조가 젊은이들의 영혼을 갉아먹고 압축성장으로 인한 성장통을 앓는 한국 사회에 인간의 생명을 살리는 건강한 기독교 문학이 악(惡)의 바이러스를 퇴치할 수 있는 백신이 되길 기대합니다.

또 내가 어려서부터 성경을 알았나니 성경은 능히 너로 하여금 그리스도 예수 안에 있는 믿음으로 말미암아 구원에 이르는 지혜가 있게 하느니라. 모든 성경은 하나님의 감동으로 된 것으로 교훈과 책망과 바르게 함과 의로 교육하기에 유익하니 이는 하나님의 사람으로 온전케 하여 모든 선한 일을 행하기에 온전케 하려 함이니라 (디모데후서 3장 15~17절)

영원한 베스트셀러인 성경이 개인과 사회를 변화시킵니다. 성경이 내게 오기까지 수고한 많은 사람들에게 감사드립니다.

그대 이름은
1

여호와 하나님이 흙으로 각종 들짐승과 공중의 각종 새로 지으시고 아담이 어떻게 이름을 짓나 보시려고 그것들을 그에게로 이끌어 이르시니 아담이 각 생물을 일컫는 바가 곧 이름이라 아담이 모든 가축과 공중의 새와 들의 모든 짐승에게 이름을 주니라 (창세기 2장 19~20절)

성경에 의하면 인류 최초의 작명가는 아담이었다.

인간은 태어난 후 이름이라는 고유명사를 가진다. 초음파검사가 없던 우리 세대의 이야기고 태명을 짓는 부모도 있으니 뱃속에서도 이름을 갖기도 한다. 나란 한국인, 아무개 누구누구의 부모, 형제, 자식. 나의 선택은 없고 어떤 의지 때문에 이 세상에 던져진 존재이리라.

시간의 풍화작용으로 처음의 의미가 퇴색된 단어 중 백정이란 말이 있다. 고려 시대만 해도 백정이란 특정한 역을 부담하지 않던 농민을 가리키는 의미였는데 조선 시대엔 하층 천민 집단을 의미하는 것으로 바뀌었다. 거란인, 여진인, 왜인 등 전쟁 포로들은 농경사회에 잘 적응하지 못했고 고려 시대 수척(水尺), 화척(禾尺), 양수척(揚水尺), 무자리로 불리던 귀화인들이 현군 세종의 양민화 정책으로 백정이라 불린다. 그러나 조선의 위정자들은 다양한 차별 정책을 통해 그들의 사회적인 고립과 멸시를 유도해 냈다. 그들은 특수 마을에서 위정자들의 차별 정책을 받았다. 마치 중세 유럽의 게토처럼 백정의 집은 기와를 올릴 수도 없었고 명주옷, 갓, 망건, 탕건, 가죽신 착용이 금지되었고 갓끈에 달린 쇠가죽 털로 일반인과의 구별이 가능하도록 했다. 외출할 때는 봉두난발에 평량자(패랭이)를 착용해야 했다. 일반인과의 통혼도 허락되지 않았고 초상을 당해도 상복은커녕 상여도 쓸 수 없었다. 결혼식에는 말이나 가마 대신 소와 널빤지를 이용했다.

　남자들은 상투를 묶지 못했고 여자들은 쪽을 찔 수 없었다. 일반인 앞에서 음주, 흡연은 금지당했고 나이와 관계없이 일반인들의 반말을 감수했고 툭하면 집단 구타를 당하기도 했다.

　백정은 이름도 마음대로 짓지 못했다. 이름에 인(仁), 의(義), 효(孝), 충(忠) 등의 글자를 쓸 수도 없었다.

　노비들도 있는 호적도 없었으니 하등의 보호책이 있을 리 만무했다.

　박정희가 다카기마사오(高木正雄)로 이광수가 가야마미쓰로(香山光郎)로 창씨개명을 하던 시절 우리 가족은 만주에 있었다. 내가 태어나기 전이지만.

　나의 아버지는 빈농의 아들이었고 일제 강점기 말의 극심한 공출에 시달리다 만주로 유랑의 길을 떠났다. 할아버지와 할머니, 아버지의 다른 형제들은 그곳에 남고 장남이자 신혼부부였던 아버지와 어머니는 해방 후 귀국했지만 분단된 조국에서 또 전란에 시달리며 남하하여 부산에 둥지를 틀었다.

　김성주가 본명 김일성으로 개명한 북쪽과 아명인 이승룡을 이승만으로 개명한 남쪽의 지도자가 지배하던 시절도 카프 동인 임화도 아닌 서정시인 정지용을 납북되었다는 이유로 정○용으로 표기하던 시절은 끝났지만, 동무라는 인민이라는 보통명사가 어쩐지 부자연스러운 분단 상황을 아직도 살고 있다.

　내 이름은 김인숙(金仁淑)이다. 1964년 갑진(甲辰)생이다. 김만철 씨와 이복순 씨 사이 2남 3녀 중 차녀로 태어났다.

　아버지는 가난한 집안 때문에 많은 공부를 하지 못했지만, 눈치 빠르고 싹싹한 성품에다 부지런한 성격이고 어머니도 가족밖에 모르는 성격이어서 난 넉넉지는 못해도 꽤 행복한 유년을 보낸 것 같다. 나의 불행은 나와 이름이 같은 정인숙(본명 정금지)이라는 여자가 한강 변에서 피사체로 발견되었던 아직 냉기가 가시지 않았던 그 3월의 어느 날 일주일 후이다. 어머니의 죽음, 교통사고였다. 삼년상이 지나고 아버지는 재혼했다. 초등학교 4학년이었던 나는 어느 날 화장기 없는 민낯에 뽀글뽀글 파마머리를 한 키 작고 통통한 여자를 어머니라 부르라는 아버지의 말에 아무 말도 대답도 안 했다.

그날 이후 난 별로 말 없는 아이가 되었다. 하교 후의 모든 가사는 내 차지가 되었다. 언니보다 오빠보다 나는 이상하게 계모와 잘 어울리지 못했다. 서울로 시집간 언니의 도움으로 중학교를 졸업하고 서울로 상경하기까지 나의 부산에서의 생활은 우울했다. 중3의 겨울 방학에 초조(初潮)가 있었다.

난 썩 공부를 잘했고 아버지는 그런 나에 만족해했다. 아버지의 뇌출혈로 인한 돌연사로 계모는 남동생 둘을 낳고 과부가 되었다. 집안이 가난해 처녀로 홀아비에 시집왔던 그녀는 대성통곡을 했다. 오빠는 군대 가고 딱히 집안을 이끌 사람도 없었으니 그녀의 고민도 이해가 갔다. 우리의 기대 이상으로 계모는 아버지가 남기고 간 잡화상을 잘 꾸려나갔다.

나와 이름이 같은 권인숙이 부천경찰서에서 문귀동 경장에게 성고문을 당하던 그 초여름 난 조그만 개인회사의 경리를 보고 있었다. 난 서울대 의류학과 학생이던 그녀가 왜 공장에 위장 취업을 했는지 그 갸륵한 뜻을 알 것도 같고 모를 것도 같았다. 과연 그들이 사랑하는 민중이라는 것이 무얼까?

그 여름이 끝날 즈음 언니는 또 하나의 이름을 얻었다.

세례명 김정숙 마리아.

나는 정인숙처럼 예쁘지도 권인숙처럼 배우지도 못한 여상 출신의 그저 그런 스물셋 만 스물둘의 처녀로 권태로운 젊음을 보내고 있었다. 월급의 상당 부분은 복학한 오빠의 등록금을 보태는 데 쓰였고 난 백화점에 가 눈요기하는 그거로 나의 소비 욕구를 대신하고 옷도 구두도 싼 것에 만족해야 했다. 차라리 시집이나 가지 그럴 때 구세주로 지금의 남편이 나타났다. 그는 용모도 신장도 사는 것도 대학의 서열도 모든 것이 보통인 그런 사람이었다. 그러면서 나이는 한 살 아래였는데 친구들은 모두 나를 행운아라고 놀렸다. 우리의 연애는 유치했다. 만나면 헤어지기 싫었고 헤어지면 금방 보고 싶었다. 사랑의 유통기한은 3년이라는데 그때 난 우리의 사랑은 영원할 것 같았다. 군대 간 그에게 난 이파리 붙인 핑크빛 색종이에 김춘수 시인의 「꽃」을 써 보내기도 했다.

내가 그의 이름을 불러 주기 전에는
그는 다만
하나의 몸짓에 지나지 않았다.

내가 그의 이름을 불러 주었을 때
그는 나에게로 와서
꽃이 되었다.

내가 그의 이름을 불러 준 것처럼
나의 이 빛깔과 향기에 알맞은
누가 나의 이름을 불러다오.

그에게로 가서 나도

그의 꽃이 되고 싶다.

우리들은 모두
무엇이 되고 싶다.

나는 너에게 너는 나에게
잊혀지지 않는
하나의 눈짓이 되고 싶다.

   나는 스물일곱에 그의 아내가 되었다. 두 번의 자연유산을 경험하고 난 서른이 넘어 첫딸을 출산하였다. 두 살 터울 또 딸을 출산하여 딸딸이 엄마가 되었다.
   남편의 이름은 민석기(閔錫基)인데 어려서는 구석기, 신석기 놀림을 많이 받았다고 했다. 부모들은 오롯이 자식의 이름에 사랑과 꿈을 담지만, 때론 친구들의 놀림을 받는 경우가 더러 있었다. 내 초등학교 친구 중에 강철모라는 아이와 정에스더라는 아이가 생각이 난다. 에스더는 친구들이 하수도라 놀려댔다. 강철모는 베레모, 밀짚모자라 놀려대었다.
   남편은 희성(稀姓)인 데다 여흥 단일 본이어서 종씨만 만나면 김씨인 나보다 열 배는 반가워했다. 시집 식구들 그중 시어머니는 특히 양반 타령이 심했다. 그러면서,
   "민씨는 여자 팔자가 드세서 아들이 좋은데."

딸만 낳은 나의 부아를 은근히 돋웠다.

원경왕후, 인현왕후, 명성황후 시어머니의 말이 틀린 것도 아니어서 걱정도 되었다. 그러나 여자가 애 낳는 도구도 아닐진대 나도 아들을 위해 더 출산할 의사가 없었다. 지금이 어떤 세상이라고 항렬을 따라 큰아이는 경원(庚援) 작은아이는 경선(庚善)이라 이름 지었다.

"요사인 유진이니 지원이니 하는 중성적인 이름이 유행인가 봐. 어차피 국제화 시대니 알파벳 표기 어려운 이름보다 수지니 지수, 마리, 미나, 유나 등 부르기 쉬운 이름도 많이 짓나 보더라. 아름이, 보람이, 초롱이 한글 이름도 유행인데 우리 아이들 이름은 좀……."

내 말에

"젊은 우리가 부모님 비위 맞춰야지 어쩌겠어. 곧 죽어도 양반인데."

남편이 입맛을 다셨다.

착하고 아름답게 튼튼하게 자라렴.

남편이 들어갔던 중소기업이 대기업이 되고 난 아이들 뒤치다꺼리하느라 바쁘면서 가끔 결코 물질적인 풍요로는 채울 수 없는 정신적인 허기를 느꼈다.

"인숙인 소설을 써보지?"

어느 날 갑자기 여상 시절의 별명이 가분수였던 국어 선생님의 말이 떠올랐다. 나는 주산도 부기도 잘했다. 삼십 대 중반에 나의 습작은 시작되었다. 그해 최초의 특검인 옷 로비 사건에서 밝혀진 건 앙드레 김의 본명이 김봉남이라는 것밖엔 없었다. 문학고시의 길은 험난했다. 그렇지만 나는 사십 대 초반에 해냈다.

사무엘 랭그혼 클레멘스가 마크 트웨인으로 윌리엄 시드니 포터가 오 헨리가 된 것처럼 김해경이 이상(李霜)으로 바꾼 것처럼 난 김인숙 대신 김지수란 필명을 가진 작가가 되었다.

어떤 절박함이 나를 기독교로 인도했는지 지금도 난 모른다. 작가가 되기로 했던 그해 여름 난 교회에 출석했다. 평소 자의식이 강한 내가 그렇게 쉽게 전도를 받아들이라고 생각 못 했다고 전도자는 나중에 말했다. 전도자는 내 작은딸 친구의 엄마였다.

옆 동(棟)에 사는 언니가 놀러 왔다.

언니와 나는 10년의 나이 차이가 나지만 언니는 나와 또래로 보일 만큼 젊어 보였다. 몸매 관리도 모양내기도 좋아하고 성격도 활달했다. 요리 솜씨도 좋아 늘 나의 반찬 걱정을 덜어주는 고마운 언니이다.

"아니 웬 명태식혜야?"

언니는 고향이 함경도인 시어머니 탓에 가자미식혜, 도루묵식혜 아무튼 식혜를 잘 담갔다.

그러고 보면 명태처럼 이름이 많은 바닷물고기도 없나 싶다. 생태, 동태, 황태, 북어, 코다리, 노가리 등. 술안주로 인기가 있는 노가리가 속어로 쓰이는 것도 어쩐지 명태에게 미안하다.

바닷물 온도 상승과 남획으로 우리나라 해안에서 사라졌던 명태가 언제쯤 돌아올까?

"승연이가 작명소에 가서 아가 이름 지어 왔어. 현중이라고 친정이 불교 집안이라."

승연이는 언니의 며느리다.

"이름이라는 게 그런 거 같아. 예수님도 시몬을 베드로라고 개명했잖아. 이름이 중요하니까 그런 것 아니겠어?"

"그래서 너도 지수라고 바꾼 거냐?"

"어서 참외나 들어."

"말 돌리긴. 너와 이름이 같은 탤런트 요사이 잘 안 보이더라. 나이도 있으니 아직 엄마 역할도 그래서 그런지. 사실 우리 젊었을 땐 연예인을 딴따라라 부모님이 연예인 한다면 기겁을 했잖아? 그리고 요사이 개명 신청하면 두어 달 정도면 된다더라. 행복추구권이라 웬만하면 통과된대."

"……."

"사실 나 너한테 비밀 하나 고백할 것 있어."

"뭔데?"

"네 나이가 어려서 말 안 한 건데. 나중에는 나의 문제였어."

"자꾸 궁금해지네."

"우리 가문이 백정 가문이었다는 거야. 할아버지 때 신분세탁을 했지만."

"난 또 뭐 대단한 비밀이라고."

"나만큼 너에겐 충격적인 일이 아니었구나. 어쩐지 10년 차이가 한 세대처럼 느껴진다."

"참, 언니도 왕후장상의 씨가 따로 있는 것도 아니고 카스트라는 게 다 정복 전쟁의 산물 아니겠어?"

"하긴 호랑이 담배 피우던 시절 이야기지. 지금은 돈 있어야 양반이지."

언니가 돌아간 다음 난 서재에서 깊은 상념에 잠겼다. 며칠간 미디어 세상은 신경숙의 표절 논란으로 시끄럽다. 이제 그녀는 국민 작가라는 이름에다 표절 작가라는 이름도 얻었다. 갈채가 컸던 만큼 회초리도 아프다. 나도 그녀의 인기에 때로는 부러움과 시샘을 느꼈고 깎아내리기도 했다. 지금 외딴 방에서 고독할 그녀에게 연민의 감정이 느껴진다. 과연 나도 그녀에게 돌을 던질 수 있을까? 나도 가끔 표절의 유혹을 느끼기에.

세상의 모든 이야기는 이미 말해진 이야기를 계속 반복하고 있다. 그렇다면 문학 텍스트 역시 그 자체로 순수한 창작물일 수만은 없다. 프랑스의 기호 학자 줄리아 크리스테바의 상호텍스트성을 언급하지 않더라도 어설픈 변명보다도 "표절도 예술이다."라고 말했다면 어쨌을까?

한때 저자명을 밝히는 것이 전연 불필요했던 시기도 있었다. 많은 작품이 집단창작의 산물이기도 했으니까. 근대의 시민사회 형성이 개인주의를 낳고 작가는 드디어 그 이름에서 벗어날 수 없게 된 것이다.

야당의 후보가 낙선하면 프랑스로 출국해 식당이나 하겠다던 노작가는 아직 출국했다는 소식이 없다.

세계적인 작가가 되겠다고 마르시아스 심으로 개명한 친구는 다시 심상대로 돌아왔다. 로버트 갤브레이스라는 이름으로 펴낸 『뻐꾸기의 외침』이 두 달 남짓 1,500부 판매했다니 조앤 롤링도 상표 가치를 실감했겠지.

문단권력이나 출판사의 눈치를 보느라 쓰고 싶은 것 못 쓴 것과 매문(賣文)을 참회하며 본명 버리고 최순결이란 필명으로 쓴 유망 작가의 『4월의 공기』는 잘 팔리는지.

유승준이 되고 싶은 스티브 유의 꿈은 올해도 이루어지기 어렵겠다. 선거 때마다 판판이 진 야당은 십수 번 바꾼 당명을 다시 바꾼다는 소식이다.

언제부터인가 우리는 또 하나의 이름 ID를 갖게 되고 그 익명성의 언어폭력으로 타인에게 위해(危害)를 주는 건 아닐까? JP가 정치는 허업(虛業)이라고 했지만, 문학도 그럴 테지. 난 백정 박성춘의 아들 박서양을 주인공으로 한 중편 분량의 픽션을 구상하고 있었다. 천대받는 신분에서 최고의 엘리트인 의사가 되었지만, 현실에 안주하지 않고 민족 교육과 독립운동을 한 그를 조명하고 싶었다.

1892년 미국 북 장로회 소속의 사무엘 포면 선교사가 제물포항을 통해 조선에 들어왔다. 그는 모삼열이라는 한국 이름으로 활동하면서 1893년 3월 19일, 서울의 곤당골에서 교인 16명과 곤당골 교회를 설립했다. 그 무렵 조선의 백정들은 자식들에게 교육을 시켜 천업을 벗겨주고자 했다. 관자골에서 살던 백정 박성춘도 예수

교에서 무료로 가르치던 학당에 아들 봉출을 보내고 있었다.

1894년 청일 전쟁이 발발하면서 나라 안은 어지러웠다. 전쟁 말기에 콜레라를 비롯한 각종 전염병으로 수많은 백성이 사람이 목숨을 잃었다. 박성춘도 발진티푸스에 걸려 신음했다. 무당을 불러 굿을 했지만 아무 차도가 없었다. 그러던 어느 날 아들 봉출이 낯선 외국인 두 사람을 집에 데려왔다. 그들은 곤당골교회의 무어 목사와 제중원 의사인 에비슨이었다. 고종 황제의 주치의이던 에비슨이 조선인들이 사람 취급도 하지 않던 백정에게 왕진을 온 것이다. 이를 계기로 곧 자리를 털고 일어난 박성춘은 봉출과 함께 교회에 나가면서 아들의 이름도 서양(瑞陽)으로 바꾸어 주었다.

"너는 부디 백정의 천형에서 벗어나 태양처럼 밝게 살거라."

1895년 초, 무어 목사에게 세례를 받고 기독교인으로 거듭난 박성춘은 사회운동에 적극적으로 나섰다. 무어와 에비슨과 함께 내각 총서로 있던 유길준에게 장문의 탄원서를 보내 '백정 차별 금지법'을 공포하고 실행해 갓과 망건을 허락해 달라고 요구했다. 그 요구가 받아들여지면서 백정들은 500년 동안 한 번도 써보지 못한 갓과 망건 차림으로 거리를 활보할 수 있게 되었다. 1896년에는 백정들의 이름이 호적에 올랐다. 1898년 10월, 박성춘은 독립협회에서 주최한 만민 공동회의에 연사로 나서서 조선의 자주독립과 평등사회를 열자고 열변을 토하기도 했다.

그 후 곤당골교회는 구리개 등지를 거쳐 승동으로 자리를 옮겼다. 1911년 승동교회에서 장로 1명을 선출하는데 백정 출신인 박성춘이 출마했다. 그때까지 백정과 한자리에 앉는 것도 거부하던 한국 사회의 풍토에 비추어 볼 때 실로 놀라운 일이다. 그런데 기적은 계속되었다. 교인들의 투표 결과 박성춘이 3분의 2 이상 표를 얻어 초대 장로가 된 것이다. 그러자 일부 양반과 평민 교인들은 반발했다.

"저런 비천한 백정을 교회의 어른으로 모실 수 없다."

그들은 곧 교회를 뛰쳐나가 홍문수골교회를 세우고 독립해 버렸다. 박성춘은 이에 굴하지 않고 경충노회 회원으로 노회 재정위원 등 임원직을 맡아 활발히 활동을 벌였다. 장로가 된 3년 뒤인 1914년에 왕족인 이재형이 승동교회의 장로로 취임했다. 그리하여 최고 신분 계층과 최하 신분 계층인 백정이 어깨를 나란히 하고 당회를 하는 당시로서는 상상조차 못 할 사건이 일어났다. 박성춘은 개화의 열풍 속에서 백정이라는 굴레를 안고서도 조선 기독교의 지도자로 환골탈태한 것이다. 이런 그의 활약은 아들 박서양의 인생에도 커다란 영향을 끼쳤다.

일찍이 박성춘을 치료해 감복시킨 제중원 의사 에비슨은 미국 클리블랜드의 사업가 L. H. 세브란스의 기부금을 받아들여 1904년 남대문 복숭아골에 세브란스병원을 설립한 다음 의학교도 병설하여 한국 청년들에게 의학을 가르쳤다. 그때 박서양도 세브란스 의학교에 입학해 열심히 공부했다.

1908년에 치러진 졸업 시험에서 박서양은 김필순, 김희영, 신창희, 주현칙, 홍석우, 홍종은 등과 함께 합격하고, 실기시험도 무난히 통과했다. 그해 6월 3일 학교를 졸업한 박서양은 이튿날 내부 위생국으로부터 한국 최초의 의사면허증인 '의술 개업인 허가장'을 받았다. 졸업 후 박서양은 주현칙을 제외한 6명과 함께 학교에 남아 화학과 해부학 교수로 활동했다. 이들의 헌신으로 서양의학은 한국에 굳게 뿌리내릴 수 있었다.

  교수로 활동하던 박서양은 한국이 일제의 식민지가 되어 국권을 빼앗기자 1917년 학교를 사임하고 간도 연길 현으로 가서 구세의원을 개업했다. 1924년 연길 현에는 한국인 15만여 명, 일본인 1,400여 명이 거주하고 있었는데 의사는 한국인과 일본인을 합쳐 52명뿐이었고, 대부분이 한의사였다. 그곳에서 박서양은 연인원 1만여 명의 환자를 진료했는데, 그중 3분의 1이 무료 진료를 받았다.

  그는 또 초등교육기관인 숭신소학교를 설립해 교장이 되었으며, 만주 지역에서 조직된 독립운동 단체인 대한국민회의 군사령부 군의로 활동하기도 했다. 1931년 만주사변 이후 일제의 독립단체 탄압이 극심해지면서 불온사상을 전파한다는 이유로 숭신소학교가 폐교당했다. 1936년 국내로 돌아온 박서양은 황해도 연안에 잠시 머물다 1940년 고양군 수색역 근처에 자리 잡았다가 그해 12월 15일, 55세의 나이로 세상을 떠났다.

  퇴근한 남편이 누르는 초인종 소리에 보던 책을 덮었다.
  "우리 가문이 백정 가문이었대."
  난 퇴근한 남편에게 웃으며 말했다.

"할아버님이 이 사실 아셨다면 예전 같으면 당신 마누라 엄두나 내겠어?"

내 말에 남편은 빙그레 웃기만 했다.

"원, 아이들 듣겠어."

"꼭 산통 깨는 소리만."

우리 부부는 항상 잠자리에서 다툰다.

혼곤한 잠을 깨운 심야의 전화벨 소리.

"누나! 엄마가 돌아가셨어!"

바로 아래 남동생의 다급한 목소리였다.

"뭐?! 건강하셨잖아!"

"잠자듯 가셨어. 오늘은 회식이 있어서 퇴근이 늦었는데 방문을 열어보니 운명한 상태인 거야. 큰누나와 형님네에게도 알렸고 대식이도 곧 알려야지."

"천국 가셨겠지."

"그럴 테지."

작별 인사도 없이 두 어머니를 보내는구나.

최춘월이란 이름으로 살다 그녀는 74년의 인생을 끝마쳤다. 전도하니 내가 지은 죄가 많아 속죄해야 한다며 선선히 받아들이고 주일성수 십일조는 물론 새벽기도 열심히 다니며 신앙생활 했다.

어머니 안녕히 가세요. 나이테가 인간의 화해를 이루는 촉매제이겠지.

"장모님 정정하셨는데."

"내가 선물한 가디건 그리 예쁘다고 좋아하셨는데."

난 비감에 젖어 말했다.

"경원이 경선이 깨워야지."

남편의 목소리였다.

참고문헌

『조선팔천』, 이상각

그대 이름은
2

1347년 여름 페스트 전염병에 걸린 쥐와 벼룩이 흑해의 카파항에 정박해 있던 제노바 상선에 기어올랐다. 불과 몇 달이 지나지 않아 사람들이 알 수 없는 역병으로 죽어갔다. 이 병균은 강을 거슬러 오르고 들판을 가로질러서 길을 따라 내륙 깊숙한 곳에 다다랐다. 유럽 전역에서 10명 중 3명이 사망했고 2,400만 명이 목숨을 잃었다. 이는 로마 제국이 붕괴한 이후 유럽에서 발생한 최악의 대재앙이었다.

 우한발(發) 코로나19로 전 세계가 팬데믹에 빠지고 말았다. 2021년 7월 21일 아직도 현재 진행 중이다.

 『데카메론』은 1351년에 발표된 조반니 보카치오의 작품으로 작가의 서사(序詞)에서 불행한 사람들의 고뇌를 덜어주기 위해 작품을 썼다고 했다. 1348년 재앙을 피하여 피렌체 교외의 별장으로 옮겨온 숙녀 7명 신사 10명이 10일간 체류하며 오후의 가장 더운 시간에 나무 그늘에 모여 앉아 이야기를 한다. 한 사람이 한 가지씩 하루에 열 가지를 이야기를 하고는 헤어지기 전에 좌상을 임명하고 다음 날의 주제를 정하고 저녁 식사 후에는 노래를 부르고 잠자리에 든다. 신을 경외하는 뜻으로 금요일과 토요일에는 이야기를 하지 않는다. 따라서 '10일간의 이야기'가 아닌 '14일간의 이야기'라고 하겠다.

이 작품을 새로운 시대정신의 표현으로 보고 중세의 교회와 봉건제도를 조소하는 신흥 부루주아지 사회의 승리의 기록이라고 단정한 것은 데 상티스였다. 단테의 『신곡(神曲)』에 빗대어 인곡(人曲)이라고도 하지만, 현실을 냉정하게 객관적이고 유머와 풍자까지도 섞어 묘사함으로써 보카치오는 근대 소설의 선구자가 되었다.

전염병은 역사를 바꾼 동인(動因)이었다. 페스트는 몽골제국의 멸망과 중세의 종말을 가져왔다. 감염된 유럽인이 전파한 홍역과 발진티프스와 함께 천연두는 면역성 없는 원주민의 90%를 사망에 이르게 했다. 항해술의 발달은 아프리카에서 노예를 수입하는 일을 용이하게 만들었고 유럽인들이 아메리카로 들어간 지 불과 수십 년 안에 백인들의 탐욕에 의해 위해 신대륙 발견 후의 인종의 구성비를 바꾸어 놓았다. 1845년의 아일랜드에서 유행한 감자 마름병으로 찾아온 대기근으로 백만 명이 죽고 설상가상으로 열병과 유행성 이질까지 퍼지자 도저히 희망이 보이지 않자 백만 명이 미국 등 다른 나라로 이민을 갔다.

작가인 나는 한국에서 첫 코로나19 사망자가 나왔던 날 한 달 전부터 아직 한 줄의 글도 못 쓰고 있다. 코로나19로 고통당하는 타인에게 위로는커녕 '미스터트롯'의 임영웅이나 영탁, 이찬원 등의 노래를 들으며 시름을 달랜다.

지난여름은 잔혹했다. 매일 확진자 수와 사망자 숫자를 TV에서 확인하는 것도 그런데 남편과 산책을 나갔다 돌뿌리에 넘어져 오른 손목을 다쳐 구급차에 실려 갔다. 내출혈이 되어서 수혈을 받고 수술했는데 병원에 6주 입원했다가 퇴원했다.

병원에서 난 소설가협회가 '법무부 장관에게 보내는 공개 해명 요청서'를 통해 "민의의 전당인 국회에서 국민이 보는 가운데 법무부 장관이 아무렇지도 않게 소설을 '거짓말'에 빗대어 폄훼할 수 있는가. 정치 입장을 떠나서 한 나라의 법무부 장관이 소설을 '거짓말 나부랭이' 정도로 취급하는 현실이라며 이번 기회에 걸핏하면 '소설 쓰는' 것을 거짓말하는 행위로 빗대어 발언해 소설가들의 자긍심에 상처를 준 정치인들에게 엄중한 각성을 촉구한다."라고 밝혔다고 알았다.

창작을 해봐야 출판도 어렵고 시장은 줄어들어 맥 빠지는 판에.

이 성명 내용이 나오자 정치권은 물론 네티즌들 사이에서 갑론을박이 빚어졌다. 소설가협회를 보수 성향의 조직으로 규정하며 추 장관과 정부를 공격하려고 일부러 이런 성명을 냈다는 주장이 나오기도 했다.

"오직 문학의 지조를 지키자는 것이다. 우리는 특정 진영이 아니다."라는 김호운 이사장의 첨언.

영상 시대 속에서 세계적인 현상이기도 하지만 유독 한국문학은 갈라파고스섬이 되었다. 대중에 기억되고 사랑받는 작가도 찾아보기 힘들다. 애독자가 100명만 있어도 성공한 작가라는 말에 자조한다. 문학상도 그들만의 잔치가 되어버렸고 대중의 머리에 각인되지도 않는다. 이제 사람들의 일상의 화제 대상에서 문학은 사라져버렸다.

아무리 문학이 외면받는 시대라지만 난 좋은 작가가 되고 싶다.

과연 문학이 사고(思考)의 산물이라면 좋은 작가가 좋은 문학을 생산할 것 아닌가?

방학 때 외할머니 집에 가 밥을 먹으면 참 맛있었다. 외할머니는 손맛이 좋았다. 손수 담근 된장, 간장, 고추장에다 말린 표고버섯, 말린 홍합, 말린 멸치, 말린 다시마로 만든 천연 조미료로 반찬을 하셨고 계모 밑에서 자라는 우리 남매를 안쓰러워하셔 뭐라도 챙겨주려 하셨다.

나도 독자에게 맛깔스럽고 몸에 좋은 외할머니의 밥상 같은 글을 쓰는 작가가 되고 싶다. 먼 후일 내 후손이 봐도 부끄럽지 않은 글을.

"탈골한 뼈 맞추는데 어찌나 아픈지. 비명이 나오는데 나보고 잘 참는다니……. 기특하게 십자가상의 주님이 생각나더라. 그래도 난 마취제도 맞고 약도 먹는데 주님은 얼마나 힘드셨을까?"

난 병원으로 문병 온 큰딸에게 말했었다.

경원이는 사회부 기자가 되었다. 미혼이지만 독립하여 살고 있다.

경선이는 로스쿨 재학 중이다. 돈 되지도 않는 글 쓴다고 딸들에게 별 신경 써주지도 않았는데 말썽 없이 커주어서 다행이다 싶다.

1년이 다가오는데도 통증은 사라지지 않았다.

"형님."

부산에 사는 올케였다.

"웬일이야?"

"기장미역 좀 부쳤어요. 날씨도 무더우니 냉국도 해 드시라고."

"고마워. 해마다 보내줘서 잘 먹어. 그래. 올케 친정 집안은 두루 안녕하시고?"

"요양병원에 계신 어머니가 코로나19에 걸리셨다가 두 달 만에 나으셨어요. 아흔이 넘으셔서 돌아가시는 줄 알았거든요."

올케는 사돈어른이 마흔 넘어 낳은 늦둥이다.

"대단하신 분이네. 이겨냈으니."

"종부성사 드리고 오라는 천주님 뜻인가 봐요. 면회도 힘들어요. 그것도 병원 밖에서 잠깐. 많이 수척해지셨어요. 안쓰럽네요."

사돈어른은 천주교 신자다.

"고생이 많군."

"어머니로부터 요양병원에 가시기 몇 년 전에 뜻밖의 고백을 들었어요. 한량이셨던 친정아버님 때문에 어머니 고생이 많으셨어요. 그런데 큰오빠가 왼쪽 귀가 난청이에요. 남편의 바람으로 일종의 화풀이 때리기로 그렇게 된 거랍니다. 큰오빠에게서 한 번도 어머니를 원망하는 걸 들어본 적이 없었으니까요. 어머니에겐 큰오빠의 침묵이 더 큰 고통이었나 봐요."

"그런 일이……. 언택트 사회가 언제 끝나고 마스크 좀 벗나 걱정이야. 마스크 후유증도 언젠가는 나타날 거야. 거리에 나가면 점포 임대 써 붙인 상가를 보면 마음이 심란해. 시간제한, 인원제한. 원, 소상공인 피해가 이만저만 아닐 테니. 벌써 수십 명이 생활고로 자살했고 백신 접종 부작용으로 숱한 사람들이 죽었다는 소문도 들리고."

"K-방역 자랑하더니 원……. 의사들이 대만처럼 중국인 입국 금지하랄 때 했으면 피해가 최소일 텐데 말이죠. 원, 메르스 때 대통령 사과하라고 좀 난리 쳤어요. 두 달 늦어지는 바람에 눈덩이처럼 피해가 커졌잖아요."

"누가 아니래. 그래도 우리나라는 외국에 비하면 약과지. 더 전파 속도가 큰 델타 바이러스가 유행이라니."

"제 절친이 개척교회 사모예요. 원 소상공인은 재난지원금이라도 받지만 겨우 교인 30명인데 헌금도 잘 안 들어오지. 몇 달째 세도 못 내고 있대요. 생활이 안 되어 목사님이 대리운전한대요."

"전철 백화점 대형할인점은 사람이 바글바글한데 거긴 안 막고 애꿎은 교회와 소상공인들만 들볶으니. 이제는 치료방법도 알려지고 치사율도 처음보다 10분의 1로 떨어져 생활방역으로 가자는 견해도 있잖아. 접종률이 80%인 덴마크는 위드 코로나로 가기로 했다잖아."

작년 지루한 장마가 끝나고 가을이 되어서 광화문엔 명박산성보다 더 견고한 재인산성이 쌓여졌다. 가끔 부정선거를 규탄하는 블랙 시위대와 마주쳤다. 올해도 역시 마찬가지.

올케와 통화를 끝내고 1층 입구의 우편함에 가니 책이 한 권 꽂혀 있었다.

사흘 전 메시지가 온 R 작가의 책이었다.

미군이 떠나고 탈레반에 의해 아프가니스탄이 함락되었다. 백신 접종 80% 완료가 예상되는 11월 위드 코로나가 시작된다는 소식이다.

우리 가족이 출석하는 교회는 동네 근처의 보수 교단에 속한 중형교회다. 담임목사는 오십 대 중반의 용모가 단정한 분이다. 얼굴만 보아도 성직자라 느낄 만큼 아우라가 느껴진다. 6·25 전쟁 때 교인들은 다 피신시키고 교회를 지키다 목사였던 할아버지가 순교했다. 아버지는 마침 외갓집에 가 있다가 홀로 목숨을 건졌다. 고아원에서 마침 자식이 없던 집에 입양이 되어 풍족하고 인격적인 양부모 밑에서 명문대에 입학하고 좋은 직장도 얻고 결혼도 했다. 불교도였던 양부모 밑에서 그도 착실한 불교도가 되었다. 회심한 건 상당한 시일이 흐른 뒤였다.

"어머니가 저를 낳고 시름시름 앓으셨죠. 일종의 산후 우울증이었어요. 그러다 이웃집에 사는 교인의 권고로 오순절 교회에 나가게 된 거죠. 치유된 어머니는 그 후 열렬한 교인이 되었고 우여곡절이 있었지만, 아버지도 할아버지도 할머니도 교회에 나가게 되었습니다."

간증 설교에서 들은 이야기다.

그에게는 균형감각이 느껴진다.

세탁기를 돌리고 베란다에 앉아 티타임을 가지고 있는데 핸드폰이 울렸다.

"김 집사님."

담임목사였다.

"네. 목사님 웬일이세요?"

"집사님이 말씀하신 안건 당회에서 통과되었습니다."

"고맙습니다."

"제가 고맙죠."

내가 얼마 전 담임목사에게 작은 도서관을 이야기했었다.

"저도 우리 아이들이 스마트폰에 빠져서 책을 읽지 않는 걸 걱정하고 있었는데 마침 『다시 책으로』란 책을 보니 사실 전자책만 읽으면 종이책을 읽을 때 구축된 뇌의 '깊이 읽기 회로'가 사라지고 결과물인 비판적 사고와 반성, 공감과 이해 등을 잃어버릴 수 있다는 인지신경학자이자 읽는 뇌 분야의 세계적인 연구자 메리언 울프의 경고도 무시할 수 없죠."

"고맙습니다."

"사실 진작 교회가 이 일에 나서야 했습니다. 아프고 지친 그들에게 도움이 되었으면 합니다."

"늦다고 할 때가 빠르다고 했죠."

"코로나19가 안정되면 일주일에 한 번 문예 강좌도 열어볼까 하니 김 집사님이 많이 도와주세요."
"고맙습니다. 크리스천 동료 문인에게도 도움을 청해보죠."

2021년 11월 28일

보건복지부 중수본(중앙사고수습본부)에 따르면 전날 오후 5시 기준으로 수도권 중증 환자 전담 병상 가동률은 전날 83.5%보다 1.9% 상승한 85.4%라고 했다. 수도권 중환자 병상이 포화상태에 가까워져 이날 0시 기준으로 수도권 병상 대기자는 전날 1,167명보다 98명이 늘어 1,265명이라고 한다. 코로나19 고령층 확진자 위중증 환자의 증가가 병상 부족 사태와 맞물려 사망자 증가로 나타날 수 있다는 우려가 현실로 나타나고 있다. 이날 0시 기준 코로나19로 인한 신규 사망자는 56명으로 역대 최다 수치를 기록했다. 사망자는 이틀 연속으로 위중증 환자는 엿새 연속으로 최다 기록을 갱신했다는 우울한 소식이다. 의료계는 병상 부족으로 중환자 치료를 제대로 받지 못해 사망하는 사례가 증가해 사망자 규모가 계속 커질 수 있다고 우려하고 있다고 한다.

오후에 경원이가 왔다. 엄마가 해주는 집밥이 생각난다며. 경원이는 웹소설 작가이기도 하다. 수입은 딸이 훨씬 낫다. 드라마 판권으로 짭짤한 수입도 거두었다.

"신선로나 갈비만 요리가 아니잖아."

딸은 나름의 문학관이 투철하다.

"아빠는?"

"친구 만난다고 바로 전에 나가셨다."

"경선인?"

"어제 아침에 기도원 간다고 갔다. 아무래도 법관이 적성에 안 맞다고 진로를 고민해 본다나."

"그러다 신학 간다고 하는 건 아니야?"

"부르심이라면 순종해야지."

"아무튼."

경원이 웃었다.

"요사이 글 쓰세요?"

"잘 써지지 않는다. 샘이 고갈되었나 봐. 써도 독자가 없으니. 그래도 1년에 한 권씩 써내는 작가도 있긴 한데."

"……."

"양서(良書)가 내겐 인생의 백신이었던 것 같아. 내성(耐性) 때문에 삶이 건강해진 것 아니겠니? 쓴다는 것이 두렵다. 물론 내가 누군가에게 막대한 영향을 줄 만큼 대단한 작가는 못되지만."

난 한숨을 내쉬었다.

"내 친구가 그러는데 문학의 효용성이 의외로 크대요. 자기 숙모가 정신과 치료를 받는데 의사가 독서 치료를 권했대요."

"……."

"그래 내가 인터넷 뒤져보았더니 고대의 가장 오래된 도서관인 테베의 도서관에는 '영혼을 치유하는 곳'이라는 현판이 있었고 알렉산드리아 도서관에서는 책을 '영혼을 치유하는 약'이라니 고대부터 책이 가지는 치료 효과를 입증하는 기록이라는 거죠. 현대에 와서는 1930년대부터 미국에서 정신문제 해결을 위한 방법으로 활용되기 시작했대요. 특히 제2차 세계 대전 당시 군인들이 독서를 통해서 치유와 심리적 도움을 많이 받아서 독서 치료의 근간이 형성되었다고 해요."

"유익한 이야기구나."

"난 엄마가 작가인 것이 자랑스러워요. 역시 문학은 위대해요. 스토우 부인의『엉클 톰스 캐빈』이 있었기에 링컨의 노예해방도 있었으니까."

2021년 11월 29일

기시다 후미오 일본 총리는 오미크론에 대한 정보가 어느 정도 밝혀질 때까지 임시조치로 30일 0시부터 전 세계를 대상으로 사업목적이나 유학생 기술실습생까지 포함한 모든 외국인의 신규입국을 금지한다고 발표했다. 일본은 현재 하루 신규확진자가 100명 정도에 그치고 있지만 이번 일본 정부의 발 빠른 대응은 지난해 말 코로나19 감염이 급증하는 와중에도 외국인 입국 금지를 초기에 실시하지 않아 국민 불만이 컸던 점을 의식한 조처란 해석이다. 이스라엘도 2주간 사실상 국경을 봉쇄하는 초강수를 꺼내 들었다. 유니버시아드를 주관하는 국제대학스포츠연맹(FISU)은 다음 달 11~21일 스위스 루체른에서 개최 예정이었던 2021년 동계 유니버시아드를 열지 않기로 결정했다고 밝혔다. 중국 인권 문제를 이유로 서방권의 외교적 보이콧 움직임이 심상치 않은 가운데 오미크론의 등장으로 또 다른 국제 스포츠 행사인 베이징올림픽 역시 어려운 상황에 놓이게 되었다. 희생 기미를 보였던 세계 경제도 오미크론 소식에 주가와 국제유가가 하락하는 충격파가 닥쳤다. 남아공 의사협회장인 안젤리크 쿠체 박사는 HIV 감염으로 면역력에 문제가 있는 사람들이 백신을 맞지 않고 코로나19에 감염되는 일이 반복되면서 변이 압박이 커진다고 설명했다. 과학자들과 공중 보건 전문가들도 부유한 국가들이 백신을 사재기하고 저소득 국가와의 백신 공유 프로그램을 지키지 않은 비도덕적인 행위로 인한 백신 불평등이 오미크론 창궐의 원인이라고 보았다. 정부는 청와대에서 문재인 대통령 주재로 코로나19 대응 특별방역점검회의를 가진다. 이미 한계상황에 처한 수도권 의료 시스템으로 오미크론 차단에 실패하면 심각한 위기 상황에 빠질 수 있다.

2021년 12월 3일

어제(2일) 하루 남아프리카공화국의 코로나19 확진자는 1만 1,500여 명으로 열흘 전보다 36배 폭증했다. 역학 데이터 분석 결과 재감염 위험이 2.4배 높은 것으로 나타났다고 한다. 빠른 속도도 문제다. 해외여행 이력도 여행객과 접촉한 적도 없는 오미크론 감염자가 세계 각국에서 확인되었다. 지구상의 모든 생명체는 상호 연결된 존재이며 전 세계적 보건위기에 공동대응하는 국제 정책 공조와 연대 강화가 급선무이라고 본다. "우리 모두가 안전해지기 전까지 그 누구도 안전하지 않다."는 안토니우구테호스 유엔 사무총장의 경고를 되새겨 본다.

2021년 12월 11일

정부는 지난달 위드 코로나를 시작할 당시 하루 최대 1만 명의 신규확진자도 감당할 수 있다고 장담했지만 급속한 증가세로 정부도 당황한 기색이고 들뜬 연말 분위기도 가라앉았다. 지난달 말 지방자치단체가 준비할 여력도 없이 재택 치료를 시작한 탓에 제때 치료를 못 받는 건 물론 지역 빈부격차에 따른 진료 편차가 심해 확진자의 불만을 사고 있다. 태부족인 병상과 의료 인력은 단기간에 확보가 어렵다.

2021년 12월 27일

식약처는 미국 화이저의 먹는 코로나19 치료제 '팍스로비드'의 국내 긴급사용을 승인한다고 밝혔다.

임상시험에서 유의미한 성과가 있었고 생활센터에 입소하거나 재택 치료 중인 환자가 중증으로 악화하지 않도록 하는 데 큰 도움이 될 것이라고 밝혔다. 치료제의 효과로 팬데믹 종식의 신호탄이 될까?

2022년 1월 15일

알약 형태로 먹는 치료제인 팍스로비드가 14일 전국의 재택 치료자 9명에게 처음으로 투약되었다.

R에게 문학상 수상을 축하하는 메시지를 보냈다.

요사이 나도 무기력해지고 우울감이 생긴 걸 보니 코로나 블루가 아닌가 싶다.

곧 한파가 물러나겠지.

오후 3시 스마트 소설 원고를 잡지사에 전송(電送)했다.

2022년 6월 1일

코로나19로 인한 2년여의 규제도 대폭 완화되었다.

0.73%의 신승(辛勝)으로 정권 교체도 되었다. 아직 상하이 봉쇄는 끝나지 않았고 우크라이나에서 총성은 들려온다.

참고문헌

『전염병과 역사』, 셸던 와츠
인터넷 자료를 참고

방황 1

노영희.

다시 그녀를 만나리라고는 정말 생각하지 못했다. 세상엔 가끔 우연이라는 것이 존재한다지만 정말 그녀를 만난 사실은 우연에 속하리라. 백화점 셔틀버스를 기다리느라 서 있는 나를 먼저 알아본 건 그녀였다. 나이테를 느끼게 하는 여유가 있는 것 외에는 모든 것이 예전과 같았다.

"반갑다. 이리 헤어질 수 있나?"

그녀는 아직도 강한 경상도 억양을 털어버리지 못하고 있었다.

"그래, 요사이 무얼 하고 지내?"

내가 묻자, 영희는 심드렁하게 말했다.

"지방대학 강의 나가."

"웬일이야?"

의외의 변신에 내가 묻자.

"응, 초등교사 생활 5년 하다 4년제 편입하고 대학원 진학했어. 환경공학 가르치고 있어."

"성공했네."

"성공은 무슨 성공. 아직 부교수야. 참 너는 뭣 해?"

"응. 나 3년 전에 명퇴했어. 사표 쓰고 서울 올라왔어. 남편은 동료교사였는데 4년 전에 교통사고로 죽었어. 보습학원 차렸다가 IMF라 영 신통치 않아 두 달 전에 그만두었어. 그래 참 너 결혼했겠지?"

"응. 남편은 신문기자야."

이야기하느라 정차한 백화점 셔틀버스를 타지 못했다. 난 영희를 통해서 그녀가 몇 달 전에 우리 아파트로 이사 온 걸 알았다. 다음 기회에 만나기로 하고 영희와 헤어져 백화점에서 쇼핑하고 집에 오니 왠지 지난날의 추억이 주마등처럼 스쳐 지나갔다.

노영희란 스테레오 타입 같은 교사상을 거부하던 개성적인 여자. 모든 것이 반듯하기만 하던 나의 눈에 비친 그녀의 모든 행동이 외계인을 보는 것처럼 충격이었다. 난 군청 공무원의 맏딸이었고 많은 동생 때문에 아버지를 보조해야 할 형편이었다. 나 역시 교사는 화장실도 안 간다고 믿던 초등학교 저학년 시절부터 교사가 내 꿈이었으므로 교대로 진학하는 데 어떤 마음의 갈등도 없었다. 난 소박한 내 꿈이 실현된 것에 만족했다. 지금은 없어진 지방의 교대에서 우린 만났다. 노영희와 난 그녀가 B반 내가 A반, 반이 틀렸다. 하숙집도 틀렸다. 나는 명혜란이라는 여고 동창과 하숙을 했고 영희는 이웃집에서 자취했다. 자취한다고 하지만 뭐 열심히 밥해 먹는 것 같지도 않았다.

"오르간 때문에 큰일이야."

영희는 만나기만 하면 오르간 타령이지만 막상 오르간 치러 갈 생각은 안 한다.

"깨워줄까?"

내가 말하자.

"새벽에 으스스해 가기 싫은 걸 우야노."

태평한 대답이다.

"아무래도 오르간을 사야겠어. 겨우 25번 도장 받았으니 연습하게."

"그것도 괜찮지."

나는 팔자 좋은 친구라고 생각했다.

"자, 알사탕 먹어."

한번은 놀러 갔더니 영희가 알사탕을 먹으라고 내놓는다. 알사탕을 씹어 먹으며 내가 묻는다.

"어떻게 해서 이 먼 데까지 왔지?"

"오다 보니 그리되었지. 뭐 말도 마래이. 우리 어마이 무척 내 때문에 고생했다."

"무슨 일인데?"

내 물음에 영희는 대답하지 않았다.

"방학 때 집에 가기 어렵겠네."

"그래, 먼저 겨울방학 때 집에 안 갔어."

심드렁한 대답이다.

"윤 교수 어떻게 생각해?"

입가에 야릇한 웃음을 머금으며 영희가 물었다.

"어떻게 생각하다니?"

내가 되묻자.

"나, 참 좋아."

눈을 지그시 감고 말했다. 난 그제야 영희가 윤 교수 어떠냐는 뜻을 알아차렸다.

"그래, 프러포즈라도 했어?"

내가 깔깔 웃으며 묻자.

"아니."

시무룩하게 대답했다. 난 갑자기 영희의 치기가 우스웠다.

"아. 막걸리나 받아먹고 싶다."

영희가 기지개를 켜며 말했다.

"앞으로 여선생 될 사람이 술 먹으면 돼?"

내가 웃으며 타이르자,

"여선생은 뭐 사람 아니노?"

퉁명스럽게 뱉는다.

"확실히 남방계통은 낭만적이야."

"그게 좋지, 뭐. 그리 까다롭게 살아 뭐 하노? 그건 그렇고 지겹다."

"산수교육 책 있으면 빌려줄래?"

"벌써 다 팔아먹고 없대이."

"배우기도 전에?"

난 깔깔 웃고 말았다. 하여튼 재미있는 친구였다.

"안녕하세요?"

나는 부엌에서 풍구를 돌려가며 볏겨를 때 쇠죽을 끓이는 영희네 주인집 아주머니에게 인사했다.

"아니, 그동안 왜 통 안 놀러 왔어?"

주인집 아주머니가 반긴다.

"영희는 안 보이네요?"

"응, 그 학생이 요사이 좀 일이 생겨서."

"아니 왜요?"

"곧 집으로 갈 것 같아. 깡패 녀석하고 어찌어찌 된 모양인데 학교에서 그걸 알아차린 모양이야."

"어쩐지."

"그래도 맘은 퍽 좋은데. 과자 사서 자기 혼자 먹지 않고 꼭 우리 아이들 불러다 나눠 주기도 하고."

안되었다는 표정이다.

"있어?"

내가 부엌을 가로질러 영희의 방문 앞에서 부르자,

"누고?"

영희의 침울한 음성이 들려왔다.

"나야."

"응, 난 누구라고. 들어와."

영희는 이불도 개지 않은 채 아마 누워 있던 모양이다. 머리가 푸수수하고 안색이 초췌하다.

"어디 아파?"

내가 시침을 떼고 묻자.

"아니."

시무룩하게 대답한다.

"그럼?"

"나 고민이 있어."

"무슨 고민인데?"

"학교에서 알아버렸잖아."

"무얼?"

"한번은 으스름달밤에 혼자 시내 나갔다 들어오다 쑥 고개에서 당했어."

"저런. 그런데 어떻게 학교에서 알았지?"

"스파이가 있지 뭐. 나 누가 고해바친지 안다."

"누군데?"

"명혜 가시내야. 근수랑 나랑 만나는 걸 보았거든. 망할 가시내, 근수한테 확 얼굴을 그어놓으라고 그럴까 보다."

영희의 얼굴은 분노로 일그러져 있었다.

"확실한 것도 모르면서."

"아, 퇴학당하면 우야노. 우리 어매 어떻게 보노. 무슨 낯짝으로."

"설마 퇴학까지 줄라고."

내가 웃으며 영희를 안심시키자.

"오늘 나하고 여기서 자."

"아니 왜?"

"안정이 안 되어 그래. 근수가 또 찾아올까 봐 겁도 나고."

"그러지."

"자, 알사탕 먹어."

역시 낙천적인 친구야. 난 영희가 권하는 대로 알사탕을 깨물어 먹으며 생각했다.

"윤 교수 말이야."

"윤 교수가 왜?"

"부인 있나 봐."

"아니 그럼 그 나이에 총각이겠어?"

"굉장히 멋있어."

"다 성격 나름이지. 난 별로 멋있는 줄 모르겠더라."

"그렇지 않아. 얼마나 멋있다고."

난 작고 다소 영양형인 미술교육을 생각하고 웃었다. 이 딱한 아가씨야, 냉수 먹고 속 차려.

"그만 생각해. 여고생도 아니면서 그러다 상사병 걸려."

난 깔깔 웃었다. 근수의 품에서 윤 교수를 생각하는 그녀의 모순에, 퇴학을 앞두고도 여유를 가질 수 있는 그런 낙천성에 난 질려버렸다. 나는 그 밤 영희의 말 상대하느라 밤늦게까지 잠을 못 자 지쳐버렸다.

이튿날 교정에서 명혜를 만나자,

"아이고 어쩌지."

명혜가 안절부절못한다.

"왜?"

내가 시침 뚝 떼고 묻자,

"근수 얼마나 악질이라고. 그래 순경들도 겁이 나 안 건드린대. 큰일 났다."

안절부절못한다. 옳거니 네가 범인이구나.

"그래도 뭐 어찌하려고?"

난 억지로 명혜를 안심시켰다.

난 그 후 영희를 다시 보지 못했다. 다음 날 가니 그녀는 이미 떠난 뒤였고 교감 연수받으러 온 선생들에게서, 같은 집에 있는 학생이고 장래가 있는 학생이니 자식이라 생각하고 선처해 달라고 했더니 퇴학은 안 주고 근신하는 의미에서 집에 가 있으라고 했다는 이야기를 들었다.

"체, 자기는 당했다고 하지만 저도 싫지는 않았나 보더라. 사회에서 백안시하니까 그렇지."

"그동안 자주 만나고 호텔에서 여러 번 잠도 잤다는데."

"그래, 말이 있잖아. 강간이 화간 된다고."

"고 녀석도 악질이야. 그럭저럭 면허증은 받게 해 기생하려고 했나 봐."

"하여튼 딱한 아가씨야."

"어서 빨리 가세. 통학 버스가 떠나는 모양이야."

난 왠지 영희가 한때 나의 곁을 스쳐 간 많은 친구 중 오래 기억될 친구로 느껴졌다. 그녀는 수수한 여선생의 환상 속에 사는 빙점지대에서 자기의 빛깔을 가진 채 끊임없이 방황하고 고독했다.

영희의 아파트는 나와 이웃한 동에 있었다. 강의가 없는 날을 기해 난 그녀의 아파트를 방문했다. 거실은 잘 정돈된 느낌이었다.

"반갑다. 뭐 그런 걸 사 오나. 그냥 오지."

영희는 여전히 소탈한 웃음을 지었다.

"약소해."

난 멋쩍게 웃었다.

"그래 아이는?"

난 궁금해서 물었다.

"하나야. 둘이었는데 큰딸 아이가 죽었어."

난 왠지 마음의 상처를 덧나게 한 것 같아 미안했다.

"3년 전에 성적비관으로 자살했지. 정말 나도 모를 일이야. 난 별로 성적에 관심도 없었거든. 아마 제 아빠 성격 닮았나 봐. 누구한테 지고는 못 살아. 자만도 알고 보면 병이야."

"미안해."

"괜찮아. 다 제명이지 어쩌겠어? 반대로 아들놈은 공부는 관심도 없고 가수 된다고 난리지."

영희는 냉장고 문을 열고 컵에 주스를 따라 나를 주었다.

"넌?"

영희가 물었다.

"둘이야. 우리 아이들은 그냥 평범해. 왜 동창회 안 나오니?"

"어쩌다 보니 그리되었어. 참, 그런데 아직 정년도 아닌데 왜 나왔어?"

영희가 물었다.

"교권은 실추되고 강단을 지킬 의욕이 있어야지."

"알겠어."

"그래, 교수 생활 재미있어?"

내가 묻자.

"스트레스의 연속이야. 내 성격에 학문한다는 일이 기적 같아. 아마 난 나를 극복하기 위해 이 일을 택한 것 같아. 후회는 없어. 이제 청춘의 방황은 끝났어. 참! 송근수 그 친구 소식 들었어. 청송감호소에 있대."

영희는 내가 궁금해하는 사실을 비교적 담담히 말해주었다.

"어떻게 알았어?"

"작년에 휴가 갔다가 우연히 그 동네에 들러 안 거야."

"남편도 알아?"

"응."

"이해력이 대단한 분이네."

내 찬탄에

"왜 여자의 순결만 문제 되어야 해?"

영희가 반문했다. 난 영희의 물음에 대답하지 않았다.

"사실 조선 초반까지만 해도 우리 민족의 성이 그리 억압받지는 않았거든. 결국, 순결 이데올로기란 창녀란 소수에 희생 위에 다수의 여성에게 강요된 남성의 지배 이데올로기야. 그 속에선 남성과 여성이 동지가 아닌 적의 개념이지. 물론 나도 젊었던 시절 철없는 행동을 잘했다고 생각하지는 않아. 그러나 사실 나도 그땐 그럴 이유가 있었지. 홀어머니 밑에서 크다 보니 외로움을 많이 탔던 것 같아. 한데 사실 근수만 해도 그 당시엔 애증의 감정이 교차했어. 시간이 흐르니 내가 피해자라는 생각이 옅어지고, 용서하게 되었지. 나 요새 교회 나가."

"웬일이야? 무신론자가."

"내가 좀 죄를 지었니?"

영희가 웃었다.

집에 돌아와 저녁을 하는데 전화벨이 울렸다. 동료 교사였던 한성주였다. 그녀는 초등교사 하다 5년 전부터 고교에서 생물을 가르치고 있었다.

"웬?"

"못 해 먹겠어. 이건 교실이 아니고 난장판이야. 학생 3분의 1은 숫제 끄덕끄덕 졸고 노트필기도 안 해. 학원에 가서 다 배우고 오니 흥미가 있을 리도 없지. 나도 체벌론자는 아니야. 그렇지만 체벌 금지도 좋고 교사를 촌지만 밝히는 한심한 인간으로 매도돼도 좋아. 말로는 교육개혁 좋지. 그러나 이건 아니잖아?"

"문교부 장관 바뀔 때마다. 오락가락하는 조령모개 행정 탓에 학부모와 학생들만 골병드는 것 어제오늘의 현실이 아니잖아."
 "박 선생, 잘 그만두었어."
 "이미 난 후회하고 있는데."
 "그래?"
 "투정 그만 부리고 최선을 다해. 좋은 스승만이 좋은 제자를 두는 법이거든."
 바깥은 이미 칠흑 같은 어둠이었다.

방황 2

난 오늘 대학을 거부한다. 더 많이 쌓기만 하다가 내 삶이 시들어지기 전에 쓸모 있는 상품으로 '간택'되지 않고 인간의 길을 '선택'하기 위해 이제 나에겐 이것들을 가질 자유보다는 이것들로부터의 자유가 필요하다. 나는 길을 잃을 것이고 상처받을 것이다. 그러나 그것만이 삶이기에. 생각한 대로 말하고 행동한 대로 살아내겠다는 용기를 내련다. 이제 대학과 자본의 이 거대한 탑에서 내 몫의 돌멩이 하나가 빠진다. 탑은 끄떡없을 것이다. 하지만 대학을 버리고 진정한 大學生의 첫발을 내딛는 한 인간이 태어난다.

　　2010년 3월 10일 고려대학 교정에 붙은 벽보

자발적 퇴교 선언인 경영학과 3년생인 '김예슬 선언'

이제 대학의 권위도 도전받고 있다. 지식과 정보는 과잉공급 되고 지식의 반감기(半減期)는 점점 빨라지고 있다. 무크, 온라인 공개수업으로 시공간도 확장되었다.

연구비 횡령 논문표절 스캔들로 스승의 권위도 추락했다.

퇴임을 앞두고 난 생각한다. 진정 멘토십을 원했던 제자들의 기대에 부응했을까? 스승이 되고 싶었지만 난 한낱 지식상인에 불과했던 건 아닐까? 취업절벽을 앞둔 제자들이 안타까워 학점이나 후한 그저 맘씨 좋은 선생은 아니었을까?

이제 문학도가 물리학 배우고 유전공학도가 문학을 해야 하는 통섭(通涉)의 시대인데 현실은 취업 걱정에 학점에나 매달리는 대학생만 만들고 있다. 정글의 법칙이 존재하는 이 사회에 적자생존 해야 할 제자들을 생각하니 안타깝다. 앞으로는 혈관과 살갖을 가진 인간들만이 아닌 인공지능 기계 인간과 싸움마저 감당해야 하니…….

남편의 방황이 언제부터였을까?

신문기자였던 남편은 사표를 쓰고 베스트셀러 작가가 되었다.

"나 사랑하는 여자가 생겼어."

남편의 고백이 있기까지 난 애써 그의 일탈을 방관하고 있었다. 만나 본 그녀는 나보다 15년은 젊었고 예뻤다. 그리고 우리는 이혼했다. 난 가정법원 계단을 내려오면서 알았다. 우리의 맹세라는 것이 얼마나 헛된 것임을. 그해 여름도 폭염으로 고생했지만 남편의 멀어지는 뒷모습을 보며 문득 한기(寒氣)를 느꼈었다.

무엇보다 나를 힘들게 한 건 딸의 자살이었다. 아마 남편도 딸의 죽음으로 인한 나의 상심을 견디기 힘들었겠지. 이사를 하고 유품을 정리했어도 20년의 세월이 흘러도 죽은 딸의 환영에서 벗어나지 못하는 건……. 보조개가 예쁜 아이였었다.

엄마 아빠 미안해.
문득 경주마처럼 달리는 내가 싫어졌어. 일등을 해야 한다는 강박관념 속에 친구를 우정이 아닌 적의로 대하는 내가. 끝없이 경쟁을 부추기는 이 세상이 싫어졌어.

왜 그리 서둘러 떠나야 했는지…….
어쩜 자살 신호를 보냈을 그 아일 눈치채지 못한 나의 둔감에 나는 자책하고 또 자책했다. 왜 난 유서의 절규를 진작 간과했던 걸까?
학벌주의에 매몰된 이 사회가. 끝없는 스펙 쌓기를 요구하는 이 사회가 아니 나의 무관심이 그 아일 타살한 것이 아닐까?
내 딸의 죽음 이후 난 시누이의 전도로 교회에 나가게 되었다.
이제 내 곁엔 아들만이 남았다. 복음 가수가 된 아들은 가끔 우울해하는 나에게 항상 웃음을 선사한다. 매사에 긍정적이고 쾌활한 성격으로 유머 감각도 뛰어나 좌중을 웃기곤 한다. 게다가 음치인 나를 안 닮고 미성인 아빠를 닮아 다행이다 싶었다.
옆 동(棟)에 살던 대학 동창 박진숙은 1년 전 낙향했다. 미망인인 그녀는 참 씩씩하게 자녀들을 잘 키워 결혼시켰다.

"우리 교대 다닐 땐 부설 4개월 코스 양성소가 있었잖아. 벽지의 교사 충원 때문에. 복직할 생각은 애초 없었어. 임용이 걱정인 후배를 위해서는 아니고 난 좀 돈 많이 벌고 싶어서랄까? 참 난 내가 이렇게 장사에 소질이 있는지 몰랐다니까. 교사 월급 받을 때보다 수입도 쏠쏠하고. 성주 말이 요새 선생 노릇 하기도 더 힘들다더라. 스승 그림자도 안 밟는다는 건 다 옛말이고 대들지를 않나 때리지를 않나 게다가 여교사는 제자에게 성희롱까지 당하니 못 해 먹겠다는 말이 절로 나오는데 난 만족해. 누가 알아주지도 않는데 무게 안 잡아도 되고 사실 감정노동도 육체노동 이상으로 힘드니까. 장사도 쉬운 건 아니야. 진상인 손님 만나면 포기하고 싶은 생각도 들지. 쉬운 직업은 없는 것 같아."

보습학원 그만두고 진숙이가 차린 가게들은 늘 손님들로 붐볐다. 그녀는 누구보다 시류를 잘 읽었다. 그런 친구는 항상 부지런하고 알뜰한 살림꾼이었다. 가끔 무공해 채소라며 택배를 보내왔다.

"참 서연이 말이야 학원도 안 보내더니 중학교 1학년 다니던 아들 홈스쿨링하기로 했대."

"대단한 결심이네! 꼭 성공했으면 좋겠다. 학교만이 학교는 아니잖아."

"사위도 찬성이라니 천생연분이야. 사위도 내년에는 하던 일 잠깐 정리하고 가족끼리 세계일주 여행을 가기로 했대. 장수인생과 4차 산업혁명으로 세상은 변하는데 우리의 교육관도 직업관도 시스템도 달라져야지. 미국 실리콘 밸리 사업가들에 의해 교육의 변화는 이미 시작되고 있잖아. 알트스쿨이 그 예지. 놀이방처럼 꾸며진 교실에서 교과서 대신 태블릿 PC, 칠판이 아닌 컴퓨터 모니터, 딱딱한 나무 책걸상 대신 흔들의자 교사는 스마트 앱으로 학습 상황은 물론 숙제와 시험, 출석 체크까지 점검하고 빅 데이터 분석으로 학생들의 성적을 상담하잖아. 나이에 따라 학년을 나누지 않고 개별 관심사에 따라 분반하는 것도 특징이고. 결국 따지고 보면 교육의 상업화지. 평소 생각한 건데 나도 돈 벌 만큼 벌었으니 대안학교를 세워볼 참이야. 사실 학교 밖 청소년들이 더 문제야. 학교 밖 청소년이 37만 명이나 방치되고 있어. 그래도 교육이 마지막 희망이잖아."

역시 그녀도 참교육을 고민하고 있었구나.

분당에 사는 시누이가 왔다. 시누이는 나와 동갑으로 흉허물이 없는 사이다. 남편과는 연년생이다. 남편과의 이혼을 적극 반대한 것도 그녀였다. 시누인 퇴직한 국어 교사였다.

"원, 올해처럼 무더운 해도 1994년 이후 처음이라잖아."

"전기세, 누진세 때문에 걱정이야. 그렇다고 에어컨 안 틀 수도 없고."

시리아 난민도 브렉시트도 먼 나라의 이야기도 아닌 전기세가 화제였다. 우린 관료주의에 젖어 국민의 고통에 나 몰라라 하는 관료에게 표만 달라 하고 당선되면 그만인 정치인에게 분개했다. 언제 적법을 아직도 안 고치고 있느냐고. 11.7배나 차이가 나는 건 너무 하다고(시정되었다).

"나 힘들어 죽겠어."

시누이가 한숨을 쉬었다.

"왜?"

"초롱이 아빠 말이야. 시간 강사 수입이라야 120~130만 원 되니 우리가 200만 원 보태주고 있는데 참 언제까지 이래야 하는지. 초롱이 엄마가 아이 좀 크면 직장에 나갈 모양이지만."

명문대 나오고 외국에 유학까지 갔다 온 시누이 아들은 아직 고학력 워킹 푸어이었다.

"……."

"참, 격세지감이야. 혁명이라 배웠는데 쿠데타라 하지 않나. 우리가 배웠던 역사를 한쪽에선 식민사관이라 매도하지 않나. 통일 후에도 혼란은 있겠지?"

"이미 평생학습 시대잖아. 재충전하지 않으면 살 수 없는."

"이대 사태를 보면 씁쓸해. 이대 출신이 아니어서인지 그들의 태도가 영 거슬려. 학생들이 교수를 감금하다니. 평생 단과대학이 외국의 명문대에도 있잖아. 미국에서의 안락한 삶을 버리고 이역만리 조선에 와서 천대받던 여성에게 교육한 스크랜턴 여사가 하늘에서 이걸 보면 뭐랄지."

시누이는 비분강개했다. 어쩜 불의를 보면 못 참는 성격은 남매가 같았다.

특성화고, 마이스터고 등 졸업 후 3년 이상 재직자 또는 고교 졸업자 중 만 30세 이상인 자로 자격조건이 주어지는 평생 단과대학의 설립에 대구대, 명지대, 부경대, 서울 과기대, 인하대, 제주대, 동국대, 창원대, 한밭대, 이화여대가 선정되었다.

　1,600명의 경찰까지 동원되어 46시간 만에 교직원 5명을 구출하는 소동이 벌어졌던 이대 사태도 '미래 라이프'대를 설립하려던 일정중단을 발표했지만, 학생들의 총장 사퇴요구로 아직 진행형이다.

　"옳은 건 아니지만 학위장사 한다고 비난하는 학생들 기분 전혀 이해할 수 없는 건 아니야. 자기들은 입학하려고 엄청난 노력을 쏟았는데 그네들은 무임승차 한다고 생각하는 거지. 출산율은 떨어지고 앞으로 신입생 수는 격감할 테고. 기실 총장이나 학장이 기업의 재정담당 상무이사 정도인 현실 속에서 고민도 많겠지. 충분한 시간을 갖고 준비하지 않고 30억 주면서 졸속으로 밀어붙인 교육부 당국과 학생들과 설득하고 소통이 미흡한 대학도 문제지."

　"맹목적으로 대학을 권하는 사회 분위기도 문제야."

　"사실 이제 대학 교육이 희망의 사다리가 되어주지 못하는 건 사실이야. 학자금 대출로 대학을 다니며 고된 아르바이트에 혹사당하고 편의점에서 컵라면과 삼각김밥으로 끼니를 때웠던 이들이 졸업한 후에도 채무상환과 사상 초유의 스펙전쟁을 뚫고 들어가 봐야 언제 구조조정의 대상이 될지 모르는 불안한 직장 탓에 결혼도 꿈도 유예 당하는 판이니……. 젊은이들의 자조 섞인 헬 조선이니 금수저, 흙수저 타령을 들으면 그래도 노력하면 성공이 보장되던 우리의 궁핍했던 젊은 날이 그리워져."

　"우리도 이제는 무조건적인 대학진학 대신 중등과정을 마치고 직업학교와 직장에서 교육을 받는 독일의 이중 교육시스템이 정착하려면 부모들의 인식이 바뀌어야 하는데 나부터 반성해야지."

"공부를 못한다는 것은 능력이 없는 게 아니라 적성이 안 맞는다는 인식이 필요한데 기업도 사회도 달라져야지. 한 달 전 제자의 소식을 듣고 가슴이 먹먹했어. 집안 사정으로 자퇴하고 취직했는데 노동자를 함부로 쓰고 버리는 블랙 기업에 취직한 거야. 잠 안 재우고 일 시키고 그러다 병 걸려 퇴직하고 하우징 푸어가 된 거지. 열악한 중소기업 현장도 문제야 대졸과 고졸의 엄청난 임금 격차도 해소돼야 하고. 해마다 산업 현장에서는 2,000명이 죽어가고 한번 파산하면 패자부활전이 없는 창업으로 공무원 시험에 매달리는 청년들을 나무랄 수만은 없다니까."

"며칠 전 오빠를 만났더니 많이 수척해졌더라. 저도 젊은 애하고 사는 게 녹록지는 않겠지. 요사이 한강의 맨부커 수상으로 좀 나아졌기는 했지만 몇 년간 책 안 팔려서 마음고생이 심했나 보더라. 기껏 자기계발서나 팔리니."

시누이는 흘끗 내 눈치를 보면서 이야길 돌렸다. 시누이가 돌아간 다음 난 황사용 마스크를 쓴 채 가벼운 야외 차림으로 집을 나왔다. 외국인이 공기를 통조림으로 수출하고 싶다던 우리나라가 어쩌다 최악의 공기 질 국가가 되었을까? 나도 진숙이 마냥 공기난민이 되어 귀촌을 생각해 본다. 아들은 사흘 전 친구들과 휴가를 떠났다.

난 콘크리트 빌딩 숲속에서 스모그 가득한 하늘을 보았다.

기원전 4000년경 이전에는 타락 이전의 완전한 미덕을 갖춘 사람들이 살았던 황금시대도 있었다. 조화의 정신이 지구 전체에 충만했고 남성과 여성이 평등했고 계급이나 카스트의 구별도 없었고 정복 전쟁도 없었다.

기원전 4000년경까지 사하라시아(북아프리카에서 중동을 거쳐 중앙아시아에 이르는 건조한 땅)는 삼림에 가까운 초원이었으며 호수와 강, 인간과 동물로 가득 차 있었다. 그러나 환경 재앙으로 가뭄과 기근이 심해지자 이 지역으로부터 탈출한 사람들에게서 환경 변화로 인한 인간성의 파괴가 시작되었다고 한다.

올봄 유난히 많은 아동 학대 기사가 실렸다. 구의역에서 스크린 도어를 수리하던 대학도 못 간 19세 비정규직 청년 노동자가 목숨을 잃었다. 강남역에서 한 여성이 조현병 환자의 묻지 마 살인으로 희생당했다. 잔인한 봄이었다.

근처의 공원은 한산했다. 무더위에 지쳐서 사람은 물론 강아지도 모두가 나른해 보였다. 벤치에 앉아 있는데 어쩐지 걸어오는 초로의 남자의 얼굴이 낯이 익었다. 청바지에 베이지색 반소매 티를 입은 그는 여전히 군살 하나 없는 근육 남이었다.

"노영희……."

나를 먼저 알아본 건 그였다.

송근수.

난 아득한 상념에 잠겼다.

K 교대 주위로 방풍림이 에워싸고 있었다. 유명한 한학자를 배출한 동네니만큼 자부심도 대단했다. 시절이 시절이니만큼 교대생들

에 대한 학교의 통제도 지나쳤다. 엄격하게 남녀교제를 단속하고 발견되면 퇴교 조처를 내렸다.

송근수는 툭하면 주먹을 휘두르는 동네 불량배였다. 소위 깡패라고 할까?

그 밤. 난 그에게 처녀성을 잃었다. 이제 고백하거니와 알려진 것처럼 성폭력을 당했다는 건 사실과 다르다. 차마 난 그 당시 나쁜 남자를 좋아한다고 말할 용기가 없었다. 스무 살의 나와 스물네 살의 그. 우리의 몸은 서로를 원했고 재학 중 나는 한 번의 유산을 했다. 학교 당국에 알려지고 나는 가까스로 졸업하고 교사가 되었지만, 그 후 나와 그의 인연은 거기서 끝나고 말았다.

어부였던 아버지가 해상사고로 사망하고 생계형 매음녀가 된 어머니로 인해 받은 마음의 상처로 탈선한 그는 결국 고등학교 1학년 때 퇴학을 당하고 만다. 화가가 되고 싶었다고 그는 말했었지. 교도소에서 3년 복역하던 중 그는 젊음의 방황을 끝내고 예수와 만났다. 어려서 주일학교를 다녔지만, 사춘기의 방황으로 교회를 떠나 방황하던 그의 삶은 비로소 안식을 찾았다. 출옥해 신앙심 깊고 이해심 많은 여자와 알콩달콩 살면서 2명의 여식도 두었다. 소시민으로 성실히 살았다. 그 대가로 그런대로 여유 있는 노년을 보낼 만큼 되었는데 2년 전 상처했다고 했다. 신앙생활과 봉사생활로 그는 범접할 수 없는 높은 정신의 소유자가 지니는 품격의 사람으로 변해 있었다. 근처에 사는 큰딸이 살림을 돌봐주고 작은딸은 우리 동네에 산다고 했다. 그동안 고향 동네는 가지 않다가 5년 전 한 번 다

녀왔다고 했다. 현재는 일산에 살고 있는데 잠깐 작은딸 집에 다니러 왔다고 했다. 흉악범으로 청송교도소에 갇혔다는 이야기는 와전된 이야기였다.

그의 얼굴은 마치 성자의 얼굴처럼 평온했다. 잔주름이 있지만 잘생긴 그의 얼굴의 미소는 여전히 매혹적이었다.

"나도 영희 씨가 잘 되길 바랐는데 교수까지 되었다니 성공했네요. 축하합니다."

그는 꼭 높임말을 썼다.

"딸이 자살하고 이혼녀가 되었으니 가정적으론 실패한 셈이죠."

나의 말에 그는 나를 물끄러미 슬픈 눈으로 바라보았다.

"가끔 생각이 났어요. 당신이."

"나도 역시."

우리는 마주 보고 웃었다. 그리고 우리는 헤어졌다. 기약도 없이……. 그 밤 난 홀로였다.

열대야 속에 불볕더위가 끝나고 초가을엔 경주에서 5.8 지진이 나서 어수선했다. 그리고 시작된 국정의 혼란. 분노한 물결이 광장을 뒤덮었다. 무엇보다 최서원(최순실)의 딸 정유라의 체육 특기생 입시 부정과 학사 관리 부정으로 이대는 130년 역사에 압수 수색과 교직원 구속과 징계라는 굴욕을 당하는 수모를 겪었다. 돈도 실력이다. 능력 없는 너희 부모를 원망하라는 철없는 젊은이의 트위터의 글이 더 사람들의 부아를 돋웠다. 수년 전인가 신정아 사건으로 야기된 문화계 유명 인사들의 학력 위조 사건으로 들끓었다. 세

살배기에게까지 10명 중 3명이 사교육을 한다니 부모들의 욕심과 불안은 치유하는 약도 없나 보다. 학벌 권하는 사회에서 요사인 외모까지 더해져 방학이면 초·중생까지 성형외과로 데려오는 극성부모까지 있다니 기가 막힌다. 지구 저쪽에서는 어린 자신의 딸을 자살 폭탄테러로 내몬 비정한 부모의 소식도 우울하게 한다.

대통령의 탄핵. 주말마다 대규모의 촛불집회와 태극기 집회. AI로 살(殺) 처분된 닭·오리가 3,100만 마리라는데 집권당인 보수당의 분당 소식이 들린다.

저성장의 늪에 빠진 한국 경제는 극도의 소비위축으로 금융위기 때만큼 힘들다는데 사드배치 문제로 중국의 한류마저 고전하고 있다. 탈북한 태영호 주영 공사가 10조 달러를 준대도 핵을 포기 안 한다는 북쪽의 젊은 지도자의 돌출행동도 불안요소다.

한국사 국정교과서 채택을 둘러싼 교육 현장의 혼란이 가중되는데 2018년부터는 디지털 교과서가 채택된다고 한다. 학업 스트레스 최고인 우리나라 아동들이 좀 편해졌으면.

그나마 한양대 학생부 종합 전형에서 6년간 장애인 친구의 손발이 되어준 김예환의 합격과 전기세 누진 구간도 3배로 완화되어 다행이다 싶다.

"요사인 정말 우리 교육이 이래선 안 된다고 느껴. 청문회 보면서 능력주의 시스템 안에서 길러진 엘리트의 민낯을 보니 말이야 거짓말과 모르쇠로 일관한 그들의 태도를 보니."

상경해 잠깐 들른 진숙의 말이었다.

"똑똑한 이기주의자보다는 희생하고 배려하는 따뜻한 인간이 필요한 거지."

나도 동의했다.

"성경에는 선생이 되지 말라고 했는데. 웬 예비고사 응시생은 이리도 많은지. 작년에 이어 올해도 대대적인 정원감축이 있을 거라더라. 내 외사촌이 전남에서 초등학교 교감인데 인구절벽 때문에 학교붕괴 현상이 심각하대. 초등학교 건물이 요양원으로 바뀌는 판이니 말이야. 앞으로 대도시라고 저출산 고령화의 충격파에서 벗어나지 않지만."

"어때, 네 야심 찬 계획은?"

"이번 봄부터 신입생 모집해. 건물부지도 마련되었고 교직원 채용도 끝났고 인성과 체육과 예술을 중시하는 전인교육을 하고 싶어. 낙오자가 아닌 성공한 인생을 만들고 싶어."

"대단해. 성공을 빈다."

난 치하했다.

진숙이 돌아가고 헤어진 남편에게서 만나자는 연락이 왔다. 난 거울 앞에 앉는다. 왠지 립스틱 바르기가 미안하다. 인도의 아동들이 캐낸 운모는 아이섀도 립스틱의 펄 원료로 쓰인다. 대학은커녕 초등학교도 못 간 채 운모 광산에서 목숨 걸고 12시간 중노동에 시달리는 아동들이 있다는 걸 알고 나니 말이다. 기업들의 탐욕 때문에 아동노동은 사라지지 않고 있다. 이로 인한 빈곤의 악순환도 계속된다.

거리에 나서니 한기(寒氣)가 느껴졌다.

참고문헌

『자아폭발: 타락(The Fall)』, 스티브 테일러

실낙원의 별

수북한 재떨이와 꽁초를 보며 커피 맛을 음미하는 새벽. 스모그 현상으로 도회의 하늘은 잿빛이지만 아직도 밤의 장막으로 사라지지 않은 별 무리가 보였다.

    새벽에 그녀는 떠났다.

    상미.

    그녀를 보고 난 미녀가 수재일 수 있다는 사실에 혀를 찼다. 대학 3학년에 양 고시에 합격한 재원. 그러나 그녀는 법복을 벗어던지고 어느 날 번역가이자 자유 기고가가 되었다.

    한 달에 한 번, 보름에 한 번 그녀는 나의 섹스 파트너가 되어주었다. 나는 그녀의 남자 중 1명에 불과했다. 난 그녀만큼 적극적인 여자를 본 적이 없다.

    어젯밤의 마지막 육체의 향연.

    이제 그녀는 내게 다시 안 올 것이다. 네 살 연하 화가와의 결혼.

패션모델 같은 그녀가 웨딩드레스 입고 면사포 쓰고 부케를 든 모습은 상상하기만 해도 황홀하다.

현관문에서 난 그녀의 이마에 마지막 키스를 했다.

안녕 나의 누이여.

배달된 조간신문을 대강 기사 제목만 훑어보곤 식탁에 던져놓는다. 참 이상한 일이다. 요사인 왜 이리 불면의 밤이 많은지 모르겠다. 육법전서를 덮고 하산하고 어느 날 난 기자가 되고 2년여의 낭인생활 속에 난 어느새 희곡 작가가 되었다. 대학에도 가끔 출강한다. 사실 인생이란 한 편의 드라마란 생각이 든다. 난 이사회를 지탱하는 중산층 가정 월 임대료 500만 원 수입인 부모를 둔 탓에 기실 먹고산다는 것이 그리 어려운지 모르고 살아왔다. IMF로 일가족 동반 자살이 증가하는 역과 지하도의 노숙자들 언제 모라토리엄이 올지 모른다는 불안한 소식도 내겐 피부로 느껴지는 고통이 아니었다. 몇 번의 연애는 결별로 끝났고 몇 번의 맞선도 실패로 돌아갔다. 난 신장, 외모, 학력, 부모님 재산 차남 뭐 하나 꿀릴 것 없는 조건인데도 그냥 마흔이 가까운 나이에 화려한 싱글로 자유와 방종을 만끽하고 있다.

난 간단한 아침 식사를 준비한다. 토스터에 식빵을 넣고 구워내고 프라이팬에 기름을 두르고 달걀을 반숙하여 커피와 함께 천천히 신문을 들여다보며 아침 식사를 한다.

아, 먹는다는 것의 즐거움. 왜 인간은 극한 상황 속에서도 먹는다는 행위를 포기하지 못할까? 사람들은 6·25 전쟁 중 한쪽 지붕이 날아간 고가(古家)의 사랑방에서도 허겁지겁 주먹밥을 먹었을 것이다.

　난 다시 기지개를 켜고 담배를 물었다.

「실낙원의 별」

　근친상간을 다룬 내 희곡 작품의 제목이었다. 바로 전에 올린 작품은 참담한 흥행 실패였다. 난 명작을 쓸 수 없는 건 시대 탓이라고 돌렸다. 그런데 통금은 해제되었지만 왜 난 명작을 쓸 수 없는가.

　고급문화의 전 세계적인 쇠퇴 속에서 아직도 라면을 끓여 먹으면서도 먼지 날리는 극장 한구석에서 침낭 속에 잠들면서도 연극인이라는 긍지로 버티는 그런 친구들 때문에 나도 그 동네를 사랑하는지 모른다. 돈을 버는 것이 예술이라는 앤디 워홀의 말이 이 친구들에게는 아직도 먼 나라 얘기다. 오늘도 대학로에는 수많은 연극이 오르고 성공하기도 하고 실패하기도 한다.

　생존하기 위해 바다 건너 영국에서는 색다른 시도가 진행된다지. 런던의 중심지인 피커딜리 서커스에 자리 잡은 크리테리온 극장에서는 축소된 셰익스피어 극단이란 이름의 극단이 상주하면서 "셰익스피어의 37편의 전 작품을 97분 만에 다 보여줍니다."라는 광고 문구를 내걸고 그의 모든 작품을 요약판으로 공연하고 있다. 관객들은 해골을 들고 너무 진지하게 독백하는 햄릿에게 웃음을 터뜨리고「오셀로」에서는 아예 랩 음악이다. 그렇다고 싸구려 상업 코미디라고 간주하긴 곤란하지 않을까? 문화 게릴라라는 별명의 3명의 배우는 로열 셰익스피어 극단에서 정통연극을 공연해 온 사람들이다. '고상한 표정으로 몇 시간을 보는 대신 보다 쉽게 더욱 즐겁게 셰익스피어라는 위대한 극작가와 친숙해지고 싶은 게으른 관객을 위해 이 연극을 만들었다.'는 그들의 신념이다.

정부는 지난 1998년 10월 20일 일본 문화를 단계적으로 받아들이는 방안을 발표했다. 마지막 빗장을 열기로 한 셈이다. 사실 말이야 바른말이지 오래전 우리 주변엔 일본 문화가 흘러넘쳤다. 일본 그림 아래 일본식 쇼트커트를 한 일본 패션의 남자와 여자가 일본 노래에 폭 젖어 차를 마시는 십 대의 모습은 청담동 카페에서 흔히 볼 수 있었고 명동을 걷노라면 금지 가요 음반과 잡지가 널려 있다. 정부는 이 같은 단계적 개방을 통해 장기적으로는 영화는 7~10%, 비디오물은 15%, 출판 만화 부문은 현재와 같은 47% 정도를 유지할 것으로 보았다. 이제 문화 전쟁에서 문화 제국주의를 방어할 최선의 무기는 방어가 아닌 공격이겠지. 사실 우리 연극계는 창작극보다는 공연이 손쉬운 번역극 위주의 공연을 해왔다. 우리 사회의 문화 사대주의나 역량 있는 극작가의 부족으로 아직 창작극의 활성화가 어려운데 앞으로는 87년 이후의 외국 작품에 대해서는 작품료를 내야 하는 상황이 되었다.

편의점에 가서 떨어진 물건을 사서 오니 형에게서 저녁에 오겠다는 연락이 왔다. 형은 세무사다. 형은 나와는 다른 극히 모범적인 인간이다. 형 내외는 부모를 모시고 산다. 부모에게 효자이고 처자식을 아끼고 형제자매에게 우애가 있다. 항상 형에게 나는 빚지고 산다. 형은 언제나 나의 후원자가 되어주었다.

"오늘은 너에게 할 이야기가 있어서 왔다."

저녁에 만난 형의 얼굴은 굳어 있었다. 내가 끓인 커피는 입에 대지 않았다.

"무슨 일인데요?"

난 형에게 꼭 높임말을 쓴다. 형은 나보다 10년 위다. 중간에 누나가 있다.

"진우 말이다."

진우는 형의 아들 곧 내 조카 이름이다. 녀석은 볼 때마다 참 우월한 유전자를 타고 났다는 생각을 하게 한다. 잘생긴 외모는 물론 명석한 두뇌에다 좋은 성격까지.

"진우가 뭘요?"

"이제 너에게만은 꼭 고백해야 할 것 같아서."

"뭘요?"

"사실은 진우는 내 친자가 아니다. 인공수정으로 낳은 아이다."

"……."

"불임 검사에서 내가 무정자증이라는 걸 알았지. 형수는 입양하자고 했지만 내가 반대했어. 부모님이 상심하실 거라는 장남이라는 굴레 때문만은 아닌 뭐랄까, 수치심 때문에도 그런 결정을 내린 거야."

"형님의 고민이 이해돼요."

"진우가 알아버렸다."

"충격이 크겠네요."

"생각보다는 잘 극복하고 있다. 할아버지, 할머니에게 내색하지 않는 걸 보니 마음이 아프다."

"그런 사실이 뭐 그리 중요합니까? 여전히 진우는 제 조카입니다."

"그렇게 이야기해 줘서 고맙다."

"당연합니다."

"그런데 진우가 자신의 생물학적인 아버지를 알고 싶어 한다. 현실성이 희박하지만, 근친혼에 대한 공포감이라고 했다."

"그럴 수도 있겠네요."

"진우의 말을 듣고 많이 자책했다. 어른들의 이기심이 부끄럽기도 했고. 후손을 이어야 한다는 맹목적인 생각으로 씨받이를 들인 우리 선조들이 했던 방식과 나의 이 행동이 무엇이 다른지 말이다. 태어날 인생에 대한 고민도 없이 내가 큰 죄를 지은 것 같다."

형의 눈가에 이슬이 맺혔다. 나는 형에게 어떤 위로의 말도 생각나지 않았다. 형을 입구까지 바래다주고 201호 내 우편함을 뒤지니 웬 봉투가 눈에 띄었다. 발신인 주소에는 서울 ○○구 ○○동 ○○병원 황수근이라고 쓰여 있었다.

닥터 황.

난 그 친구처럼 멋진 친구를 본 적이 없다. 1m 90cm는 족히 되는 훤칠한 키 이목구비가 뚜렷한 눈목자의 얼굴. 보디빌딩으로 만들어진 근육질의 몸매. 난 영화배우처럼 멋진 그를 보면 왠지 내가 초라해 보였다. 소아 청소년과 의사인 그는 정말 어린이 같은 심성의 소유자였다. 나는 그와 이웃한 동네에 살게 되어 많은 사람을 통하여 그의 선행을 알게 되었다. 가난한 환자의 진료비는 안 받고 수입의 절반은 보육원이나 양로원 같은 시설에 기부하고 있었다. 그는 독실한 크리스천이었다. 말하자면 그의 얼굴 자체가 성화였다. 나는 1년 전 그를 만났고 몇 번 대작(對酌)의 기회를 가진 적이 있다. 그는 인문학과 예술에 대한 해박한 지식과 심미안을 가지고 있었다.

 난 의아해하며 편지를 들고 거실로 들어와 겉봉을 뜯으니 타자한 글씨가 눈에 들어왔다.

 정 선생.
 아마 이 편지를 받아볼 즈음엔 어쩜 난 이미 난 저세상의 사람일 것입니다.
 한 죄 많은 인생의 종말. 나를 가엾게 여겨주시오.
 다른 사람이 보기엔 나는 사회적으로 인정받는 직업과 재산 성공한 인간이겠지요.
 그러나 자선 행위로 가린 내 삶의 커튼을 들추면 환부(患部) 같은 내 삶이 보이오.
 그렇소. 난 용서받지 못할 죄인이오. 난 이 비밀을 끝내 무덤까지 가져갈 수 없소. 고백하겠소.
 유전(遺傳).
 난 정말 더러운 가문의 후손이었소. 나의 조부는 수명의 처첩을 거느린 천석꾼이었다고 합니다. 조모는 작부 출신의 첩이었죠. 나의 조부는 친구의 전도로 소년 시절부터 교회를 다니며 열심히 신앙생활을 했지요. 학교 선생이었던 선친은 자신의 대에서 모든 오욕의 역사가 끝나기를 바랐소. 나의 모친은 병약했고 세 살배기였던 나를 두고 세상을 떠났지요. 선친은 동료 교사와 재혼했죠. 계모는 네 살 위인 딸아이를 데리고 재가를 했습니다. 그리고 나와 다섯 살 터울의 여동생을 낳았습니다. 정말 나란 놈이 지금 생각해도 괴물 같기만 합니다. 부모님 부재중에 난 한때의 충동을 이기지 못해 열세 살 여동생을 범하고 말았습니다. 팬티만 입고 여동생은 자고 있었죠. 부모님은 여행 가시고 누나는 독서실 가고 집에는 저와 여동생뿐이었습니다. 그 무덥고 찌던 여름밤의 악몽을 어찌 잊겠습니까?

금단(禁斷)의 욕망.

이것으로 여동생은 정신이상이 되었지요. 지금 정신병원에 있습니다.

난 몇 번이나 농약을 먹고 기차에 뛰어들어 연못에 빠져 연탄불 피우고 동맥을 끊고 목매달아 사냥총으로 온갖 종류의 죽음을 상상했습니다.

그런데 정말 이건 웬일입니까?

난 성경을 펴들었습니다.

난 비로소 선악과의 의미를 깨달았습니다.

선악과의 의미는 『존재와 무(無)』에서 디트리히 본회퍼*는 섹스로 해석합니다. 속어로 남자가 여자와 관계를 한 후에 따먹었다

---

* 디트리히 본회퍼(1906~1945): 독일 루터교회의 목사이며 신학자. 히틀러 정권하에서 정권반대와 반유대주의운동에 반대하는 고백교회의 중심인물로 활동하였다. 히틀러 암살계획이 실패하자 1943년 게슈타포에게 체포되어 강제수용소에서 처형되었음

고 말합니다. 그런데 이 해석은 좀 자가당착에 빠집니다. 섹스를 부정하는 것이 되니까요. 그건 아닐 겁니다, 내 생각엔 최초의 아담은 남성이 아닌 양성(兩性)의 인간이 아니었을까요? 창세기 2장 21~22절 "여호와 하나님이 아담을 깊이 잠들게 하시니 잠들 매 그가 갈빗대 하나를 취하고 살로 대신 채우시고 여호와 하나님이 아담에게서 취하신 그 갈빗대로 여자를 만드시고 그를 아담에게로 이끌어 오시니"의 알레고리에 대한 해석은 결국 하나님은 양성의 아담에서 남성의 아담과 여성인 이브를 분리했습니다. 그들은 개체가 아닌 한 몸이었으므로 그들의 관계는 엄밀히 말하면 타인이라고 볼 수는 어렵겠지요. 이브의 탄생이 성행위를 통한 것이 아니므로 부녀라고도 볼 수도 없습니다. 그런 의미에서 그들의 관계란 남매간이라 보아야 하지 않을까요. 여러 신화에서 보이는 남매혼(男妹婚)도 무얼 의미하는 걸까요?

근친상간.

선악과의 문제는 결국 그것으로 귀착되어야 설명이 됩니다. 금기의 명령은 아주 당연하였습니다. 모든 탄생은 원죄를 잉태한다고 보아야죠. 결국, 하나님은 도저히 용서할 수 없는 인간의 죄까지 용서하신다는 것. 이 성경 해석은 죄인인 저의 처지에서 본 자기합리화나 변명일지 모릅니다. 이 해석을 다른 사람에게 강요할 생각은 없습니다. 다만 나는 이 일로 자살 충동을 억제하고 치열한 삶의 현장에 존재할 수 있었다는 말씀을 드리는 것뿐입니다.

이제 곧 저의 마지막이 다다른 것 같습니다. 내 속의 죄악이 나를 갉아먹지만, 의사인 내가 종양을 키우고 있습니다. 폐암. 난 병을 즐기고 있습니다. 난 이 세상에 오래 머무르고 싶지 않습니다.

나의 결혼생활. 사람들은 나와 누나의 관계를 그렇게 생각합니다. 우린 한 번도 우리 사이를 부부라고 밝힌 적이 없는데도 단지 성(姓) 다른 남녀가 한집에서 사니 그런 추측을 했을 뿐입니다. 나는 몇 번이나 누나의 결혼을 권했지만, 누나는 독신생활을 고수했습니다. 이미 난 심인성(心因性) 발기 부전 환자였습니다. 난 제대한 후에 의사의 만류를 뿌리치고 정관수술을 해버립니다. 이 세상에 나와 닮은 유전자를 가진 생명체를 탄생시키고 싶지 않았습니다. 분명 나에게도 연 날리던 동심의 시대는 있었습니다. 유년의 뜰에 가면 나도 개구쟁이에 불과하죠.

고통스러운 나를 지켜보아 준 누나. 그녀는 내게 보낸 하나님의 천사였습니다.

당신은 작가이니 나를 이해하리라 믿고 이 고백을 합니다.

차가운 도회의 밤공기. 실낙원에서 바라본 저 별들. 실낙원에도 분명 아침은 올까요?

나는 편지를 떨구고 망연자실했다. 난 충격 때문에 한동안 실내를 서성거렸다. 운명이라면 너무 가혹하다. 최후에는 남과 여만이 남는다는 인간의 원초적 욕망이 슬프기도 했다.

내가 다시 그의 소식을 접한 건 9시 뉴스 시간이었다. 화면에서 여성앵커 박지은이 또랑또랑한 음성으로 말했다.

"오늘 오전 9시 ○○동 ○○아파트에서 ○○병원 소아청소년과 의사인 황수근 씨와 그의 부인인 이난영 씨가 변사체로 발견되었습니다. 정확한 사인은 아직 밝혀지지 않고 있으나 경찰은 외부인의 침입 흔적이 없는 거로 보아 자살로 추정하고 있습니다. 그러나 이 추론 또한 평소 고인의 생활 태도로 보아 의문시되고 있습니다. 평소 히포크라테스의 선언을 실천한 황수근 씨는 지역사회의 존경과 신망을 받던 인물로 모든 주위의 사람들이 그의 죽음을 애도하고 있습니다. 사후에 발견된 유서에는 자신의 재산과 시신을 기증한다는 고인의 약속이 잔잔한 감동을 줍니다."

내가 다시 닥터 황의 소식을 접한 것은 사흘 후 고교 동창인 강 형사를 통해서였다. 모처럼 만의 술자리였다.
"참 이것 옐로우 페이퍼라면 모를까 일간지에 내기도 힘들어."
"뭔데?"
"황수근 박사 말이야."
"왜?"
"부인이 누나야."
"그러니까 계모의 전남편 딸이지. 물론 혈연관계는 없지만 남매지."
"어떻게 그런 생활이 가능했지?"
"황 박사 부친도 계모도 실향민이고 친척도 없는 혈혈단신이래."
"그래도……."
"20년 전에 부산을 떠나온 다음 한 번도 내려간 적이 없어. 고교 동창들과의 연락도 별로 없었고."

"……."

"부산까지 보내 탐문 수사를 했지만 오리무중이야. 뭔가 20년 전에 가정적으로 불행한 일이 있었던 것 같지만 이유를 모르겠다는 거야. 부친의 병사, 모친의 자살. 여동생의 정신이상 결국 남매는 가산을 정리해서 서울로 올라온 거라는군."

난 끝내 강 형사에게 편지의 내용을 말하지 않았다.

"범인은 누구야?"

"글쎄. 아직은 자살이나 타살 단정이 어려워."

"혹 지병이 있었던 건 아닐까?"

"물론 황 박사에게 지병은 있었지 그렇지만 진행 상태가 임종을 맞이할 단계는 아닌 것 같아."

"혹 원한 관계가 아닐까?"

"그럴 수도 있지. 그러나 평소 황 박사의 언행이나 인격이 고매해 누구와 딱히 원수질 일도 없지. 혹 계모를 의심할 수 있지만 그녀는 죽었거든."

"그렇겠군."

"뭔가 자네도 황 박사에 대해 알고 있는 눈치군?"

"다소. 황 박사가 내 팬이었어. 아니 연극 애호가랄까 가끔 배고픈 연극인들에게 밥을 사 주는 고마운 친구였지. 부친의 강권이 아니었다면 작가나 배우가 되고 싶었다고 하더구먼."

"어쨌든 황 박사는 우리 시대의 영웅이야. 엄혹한 이 시대에 영웅이 없는 이 시대에 그를 난도질할 필요가 있을까? 아마 황 박사의 기사는 영원히 사장될 거야. 윗선의 지시인가 봐. 우리 반장님이 일급 보안 유지를 당부했지. 그의 사생활에 대한 프라이버시는 언급 안 하기로."

그날 난 아무리 술을 퍼마셔도 취하지 않았다. 난 그날 밤 여자를 샀다. 화대를 치르고 담배꽁초 떨어진 골목을 나오며 나는 침을 퉤! 하고 뱉었다. 난 군대 가서 동정을 잃은 늦깎이였다. 그날 난 처음으로 가정이란 걸 생각하고 있었다.

내가 다시 강 형사를 만난 것은 경찰서로부터 참고인 출석 요구서를 받고 배달된 편지에 대한 진술을 마치고 나오면서 만났다. 난 편지를 폐기해 버려서 갖고 있지 않다고 내용은 담담한 심정 고백이었다고 둘러대었다.

"황 박사는 부부 동반 자살이 아니었어! 계모가 자백했어."

"계모는 죽었다면서?"

"죽은 것이 아니었어. 알고 보니 황 박사란 여동생을 근친상간한 파렴치한 인간이었어. 계모의 몇 번의 자살 기도는 성공하지 못했고 그녀는 모진 목숨을 이어가게 된 거야. 그러나 의붓아들을 용서할 수 없었던 그녀는 집으로 돌아가지 않고 근 18년 가까운 세월을 혼자 살면서 보내. 그러다 1년 전 문득 큰딸 아이에 대해 그리움 때문에 수소문해서 닥터 황의 집에 가정부로 들어가지. 성명도 바꾸고 성형 수술해 얼굴도 몰라보게 하고 말이야. 그녀를 먼저 알아본 건 큰딸이었지. 그렇지만 큰딸은 침묵을 지켰지만 결국 계모를 알아본 순간 그는 심장마비로 쓰러졌어."

"그럼, 딸은?"

"닥터 황의 죽음을 확인한 그녀가 고통 때문에 술에 수면제를 타서 복용한 것이 뒤따라간 거야."

"……."

"닥터 황의 죽은 얼굴이 그렇게 평화로울 수가 없었다는 거야."

"정말 인간이란 게 점점 더 알 수 없는 것 같아."

"그럴지도 모르지. 참 그건 그렇고 자네 장가 안 가? 난 벌써 중학생 학부형이야."

난 약국에 들러 박카스 한 박스를 샀다. 난 형수의 집요한 요구대로 내일 선을 볼 것이다.

많은 시간이 흘렀다. 그동안 많은 변화가 생겼다. IMF도 극복되었고 우려와는 달리 개방으로 일본에 고전하리라는 예상을 깨고 출판물을 제외한 부문에서 비교적 선전하고 있다. 나는 천재도 못되면서 돈도 되지 않는 알량한 연극쟁이를 그만두고 생활인이 되었다. 늦은 결혼도 했고 딸 바보 아빠도 되었다. 월급쟁이로 소소한 일상이 행복이라고 느끼던 어느 날 난 상미의 이혼 기사를 보았다.

뇌리에서 잊혔던 황 박사의 일을 다시 떠올리게 된 건 아주 우연한 일 때문이었다.

내 조카 진우는 신학교를 가 목사가 되었다. 우리 부모들은 딱히 종교랄 것도 없이 그저 1년에 한 번 사월 초파일 절에 나가는 정도의 형식적인 불교 신도지만 조카의 결정에 별 토를 달지 않았다. 형

내외도 그저 나쁜 일 하지 말고 착하게 살면 그만이지 하는 정도의 무종교인이었다.

"삼촌은 날 이해할 거라 생각해요. 내가 방황할 때 날 잡아준 친구가 있었어요. 교인이었는데 자기도 입양된 처지라고 하더군요. 양부모님들은 기독교인이었고 자신은 그들의 극진한 사랑 속에서 컸대요. 가족의 의미가 꼭 혈연으로 이어지는 건 아니라고 친구는 말했죠. 참 많이 괴로워했는데 친구를 따라 교회에 나가 목사님 설교를 듣고 성가대의 찬송을 들으니 마음의 평화가 왔어요."

난 진우가 잘 극복해 준 걸 감사했다.

우리 부모도 진우의 출생 비밀을 알게 되었지만, 순순히 받아들였다. 진우로 인해 우리 부모와 형 내외는 기독교인이 되었다.

아내는 친정 가고 딸도 친구 만나러 간다고 외출 중이었다. 토요일 오후 진우가 방문했다. 노총각 주제에 미인에다 여유 있는 처가를 만나 꽤 넉넉한 단독주택에 살게 된 나를 친구들은 행운아라고 말했다. 미대 출신인 아내가 꾸민 옥상정원에서 나와 이런저런 담소를 하던 진우가 말했다.

"삼촌은 어떻게 생각하세요? 경교에 대해서."

진우의 말에 나는 잠시 말문이 막혔다.

경교(景敎).

기독교 공인 후 정경화 작업과 교리 논쟁에서 가톨릭교회는 이제 최종 판정권을 가진 법정이 되었다. 로마 비잔틴 교회는 정통 가톨릭주의라는 이름 아래 다른 기독교 형태를 이단이라 낙인찍고 철저히 파괴하였다. 교회 내의 다양한 해석들이 이제 발붙일 곳이 없어졌다.

428년에 네스토리우스파 논쟁이 시작되었다. 그는 마리아를 신의 어머니 대신에 '인간의 어머니' 혹은 '그리스도의 어머니'라고 하는 편이 났다고 보았다. 요한복음 3장 6절에 따라서 육에서 나온 건 육이기 때문이다. 이에 대해 알렉산드리아의 주교 키릴에게 육신이 된 로고스에 대해 양성의 분리 또는 분할은 있을 수 없었다. 이로써 그는 신 자신이 인간이 되신 성육신을 통해 구원이 이루어졌다는 것을 보다 강조했다. 430년 11월에 테오도시우스 황제는 431년 성령강림절에 맞추어 회의를 개최하였다. 회의 장소는 에베소였다. 네스토리우스는 431년 부활절 직후 황제 특사와 함께 에베소에 도착했다. 그러나 그 도시는 그에게 적대적이었다. 네스토리우스의 주장으로는 키릴과 키릴에게 매수당한 자들이 안디옥의 요한 측의 주교들이 없는 틈을 타서 회의를 열어 네스토리우스의 가르침을 정죄했다. 결국, 황제에게 굴복한 네스토리우스는 431년 9월에 총대주교직에서 물러났고 안디옥의 한 수도원으로 돌아갔다. 그 후 그는 이집트로 추방되었고 그의 이름과 글들은 정죄되었다.

네스토리우스에게 동정적이던 에데싸 교회가 결국 황제 제논(474~492)에 의해 완전 소멸하자 로마 제국 내의 네스토리우스파들이 대거 페르시아 교회로 망명함으로 페르시아 교회가 완전히 비잔틴에서 분리되는 결과를 가져왔다.

이슬람에 의해 사산 왕조가 멸망하기 전(651)에 네스토리우스 교회는 이미 5세기부터 많은 선교사를 중앙아시아로 보냈다. 당 태종의 종교관용 정책으로 635년 알로펜을 단장으로 하는 네스토리우스파 선교사들이 들어오고 638년 태종의 칙령에 따라 장안 부근 의령방(義寧坊)에 대진사(大秦寺)라는 사원을 짓게 하고 승려 21인을 두게 했다. 중국에 들어와 경교(景敎)라 불린 네스토리우스파 교회는 200년간 교세를 유지하다 회창 5년의 폐불사건(848)과 878년의 황소(黃巢)의 난으로 큰 타격을 입고 거의 멸절된다. 1368년 명의 건국으로 그나마 원대까지 남아 있던 네스토리우스파뿐 아니라 다른 그리스도교 종파들도 일체 중국에서 사라졌다. 근대 그리스도교 선교사들이 제국주의적 우월감을 가지고 피선교국을 대한 것과 달리 그들은 도교와 불교의 문화적 수용을 통해 토착화를 시도했지만 경교(景敎)의 실험은 참담한 실패로 돌아갔다. 그들은 황제 숭배라는 지배층에 영합하므로 민중 속에 뿌리내리지 못한 것도 패인의 한 요인이다.

"갑자기 물으니……."

"우리나라에도 경교가 유입되었다는 건 정설입니다. 만주 안산점 부근에서 발견된 무덤에서 십자가 두 점이 나와 만주에도 경교 신앙이 전파되었음을 보여줍니다. 아마 접경지대에는 네스토리우스파가 존재했다고 보는 것이 타당하다고 봅니다."

"그럴 수도 있겠지."

"사실 동시리아 교회에는 금욕주의적인 흐름이 존재하거든요. 이 전통은 유대교의 에세나 파에서 기원합니다. 쿰란의 계약자들은 사유재산을 부정하고 동정 준수와 성결한 삶을 살아야 했죠. 이런 에세나 파의 금욕주의는 유대 그리스도교로 또 동시리아교회로 전파

되었다고 봅니다. 초기 동시리아교회는 당시의 표현으로 '계약의 아들', '계약의 딸'(공동생활을 하는 수도사나 수녀와는 달리 세속적 삶을 살면서 금욕적 삶을 살던 존재들로 하위 성직자의 역할을 감당)이라는 독신자 그룹과 세례를 받지 않은 교인들과의 집합체라고 보는 학자도 있으니까요. 세례를 성적인 금욕과 연결 지었던 것 같아요. 나중에 이런 태도가 완화되어 기혼자들도 세례를 받고 진정한 그리스도인이 됩니다만. 뭐 이건 증거가 없으니 뭐라 단정 지을 순 없지만 제가 얼마 전 갔던 기도원 원장에게서 이상한 소릴 들었어요. 원장의 고향이 평북 어디라고 하는데 경교 십자가를 어려서 보았다고 하더군요. 각 팔의 끝으로 갈수록 넓어지고 오목하며 십자가 중앙에는 꽃 혹은 태양을 상징하는 원이 그려진 모양의 청동 십자가를 본 적이 있는데 그때는 무슨 의미인지도 몰랐다는군요."

"가능한 일일까?"

"일본의 가쿠레 기리스탄이 생각나요. 일본의 도쿠가와 막부가 기독교 금지령을 내리고 기독교인을 색출하기 위해 막부는 십자가에 달린 예수나 성모 마리아 모습을 새긴 후미에라는 걸 밟고 지나가게 하잖아요. 도쿠가와 막부의 억압에 대다수가 전향했지만 많은 순교자가 나왔습니다. 중앙정부에서 멀리 떨어진 외딴섬에 간 사람들은 이불(異佛)이라 해 부처를 예수처럼 관음보살을 마리아상처럼 변조해 놓고 예배를 드리는 사람들이 있었죠. 우리에게도 그런 변용(變容)이 있었다고 봐야죠."

"엄혹한 시절이니까."

"원장에 의하면 500년 후에 어디를 파보라는 선조의 전언(傳言)이 있었다는군요. 계산하면 19세기 말인데 한참 선교사들이 들어올 때가 아닌가 합니다. 십자가 문양을 본 후손이 그것도 초기 기독교를 빨리 받아들이는 데 어떤 촉매제 역할을 한 건 아닌지 모르겠다고 합니다. 단지 원장은 다른 사람이 들으면 허무맹랑한 이야기라고 할까 봐 여태 함구하고 있었다나요. 아무것도 증명할 길은 없으니까요. 분단으로 흔적 찾기가 힘이 드는 것도 이유겠죠. 중동의 기독교인이 모슬렘으로 개종하듯 그들의 조상들도 불교도가 되었을 수도 있죠. 어차피 그들은 소수였을 테니까."

"그렇겠네."

"원장 이야기로는 남편도 아들도 큰딸도 죽고 오직 막내딸과 자기만 남았다고 하더라고요. 근 20년이나 정신병을 앓던 딸이 기적적으로 치유되고 신학을 하고 부원장으로 자신을 돕고 있다나요. 아들이 의사였다고."

난 갑자기 닥터 황의 계모와 여동생이 생각났다. 어쩐지 꼭 그들일 것 같았다. 아니 그들이라고 믿고 싶은지 몰랐다.

참고문헌

『예루살렘에서 장안까지』, 황정욱
『대중문화의 겉과 속』, 강준만

주홍글씨 1

형님.

주님 안에서 다 평안한지요? 형수님, 정식이, 정란이도 다 건강하리라 믿습니다. 참 이번에 정식이가 하버드를 우수한 성적으로 졸업한다니 저 역시 기쁩니다. 정란이 역시 음악 콩쿠르에서 입상했다니 얼마나 기쁘십니까? 항상 주님 일이라면 앞뒤 가리시지 않고 충성하고 봉사하시는 형님을 주님이 기뻐하심이 아닐는지요? 먼 길을 마다치 않고 다녀가셔서 먼저 간 집사람도 기뻐하리라 믿습니다. 지금은 자정이 넘은 시간 깊은 밤입니다. 설교 준비도 끝내고 나니 왠지 이 방이 허전하더군요.

형님.

형님과 제가 함께 캠퍼스를 거닐던 일이 어제 같군요. 주의 종이 사명이 아닌 것 같다며 중도하차 하실 때 기실 저도 왠지 형님처럼 하고 싶었습니다. 사실 저도 룸펜 같은 플레이보이 같은 삶을 살고 싶다는 어떤 원초적 욕망이 번개처럼 스칠 때면 괴롭습니다. 왜 전들 음모가 자라던 시절 이성에의 동경으로 불면의 밤을 지낸 일이 없겠습니까? 저는 일찌감치 저 자신에게 수의(囚衣)를 입힘으로써 비틀거리는 젊음은 없었습니다. 그러나 어찌 보면 금기란 더한 욕망을 부채질하는 것이 아닐까요? 젊어서 우리는 너무 관념적인 이야기만 나누고 그 후엔 서로 바빴던 것 같습니다.

형님.

제 이야기가 다소 낡더라도 고해성사를 받는 신부처럼 들어주십시오. 아마 저도 대나무밭의 이발사처럼 누구에겐가 이야기하고 싶기 때문입니다. 저도 한 인간이기에 말입니다.

제 고향이 양주시라는 건 잘 아실 겁니다. 선대에서 높은 벼슬을 지내다 낙향해 선친 대에서는 이미 기울어 빈농의 지경에 이른 집의 장남으로 태어났습니다. 농사지을 땅도 별로 없이 체통만 따지는 몰락한 양반 가문의 자제, 그게 제 처지였습니다. 초혼한 선친은 많은 자식을 두었고 선친은 고지식한 분이었고 생활엔 무능력했습니다. 살림은 억척스러운 모친의 힘으로 꾸려지고 있었습니다. 서당에 다니다 열다섯에야 초등학교 4학년에 입학했으니 말입니다. 기계충 먹은 빡빡머리에 구멍 숭숭 뚫린 고무신 신고 허리에 천 가방을 두르고 10리 등굣길을 뛰어다니던 어린 시절을 신세대들이 어찌 상상이나 하겠습니까?

아무리 포탄이 산하를 갈가리 찢었어도 소년의 마음만은 어쩌지 못했나 봅니다. 성대에 이상이 생기기 전에 아주 부끄러운 감정이

잔디처럼 자라고 있었으니까요.

  윤 진사라는 그분은 근처의 많은 농토를 소유한 지주였습니다. 두 아들이 있었는데 다 외지에서 살고 있었습니다. 큰아들은 일본 유학을 하고 서울의 모 대학에서 교편을 잡고 있다는 소문이었고 작은아들은 부산에서 사업을 하고 있다는 소문이었습니다. 그 집은 항상 내 동경의 대상이었습니다. 라디오, 축음기……. 항상 그 집을 지나치면 들려 나오던 오동 추야, 목포의 눈물, 황성 옛터……. 코를 찌르던 기름 냄새. 헌 신문지로 도배한 내 오막살이로 돌아오면 쌀알 몇 알 찾을 수 없는 감자와 보리밥이 대부분인 공깃밥, 김치 한 종지, 뭇국 덜렁 놓인 밥상을 대하면 비감한 기분이 들었습니다.

  그날이 언제였을까요? 소나기가 금방이라도 쏟아질 것 같은 하늘이 어둡던 어느 날 오후였던 것 같습니다. 핑크빛 원피스를 입은 긴 갈래머리를 땋은 소녀를 본 것은. 쌍꺼풀이 질 듯 말 듯 크고 그윽한 눈, 오똑한 코, 환한 이마, 호리호리한 몸매. 소녀는 너무나 도회적인 세련미를 갖추고 있었습니다.

  아, 난 소녀 앞에서 너무나 초라한 내 몰골을 들킬까 봐 허겁지겁 집으로 돌아왔습니다. 얼굴이 화끈거리고 가슴은 두방망이질 쳤습니다. 상고머리에 무명 치마저고리 입고 검정 고무신 신고 코훌쩍이는 촌 계집아이들과 비교하면 소녀는 달랐습니다. 그러나 소녀와 나의 신분 격차는 너무 컸고 난 말 한마디, 편지 쪽지 하나 전하지 못한 채 열병만 앓고 지냈습니다. 소녀를 생각하면 밥맛도 없었고 눈만 감으면 소녀의 모습이 떠올랐습니다.

초등학교를 졸업하고 저는 중학 진학은 꿈도 못 꾸었습니다. 지게를 지고 나무하러 다녔습니다. 우등상장이 무슨 소용이겠습니까? 난 도저히 농부로서의 내 인생을 받아들일 수 없었습니다. 여름방학 때 잠깐 본 소녀를 통해 막연히 도회에의 동경을 꿈꾸었나 봅니다. 유일한 위안이라면 교회에 나가는 일이었습니다. 유교 사상에 찌든 분이라 완고하시던 선친이 교회 출석을 용인해 준 것이 이상한 일입니다.

저는 매일 새벽기도에 나가 마룻바닥에 엎드려 눈물의 기도를 드렸습니다. 교회생활을 열심히 한 탓이었는지 목사님은 각별히 저를 챙겨주셨습니다. 강의록을 사 주셔서 고등 검정고시에 합격도록 해주셨습니다. 낮이면 나무하고 밤이면 호롱불 밑에서 공부하면서 궁핍한 시대를 산 우리지만 정말이지 용케 견딘 것 같습니다.

소녀를 다시 본 것은 제가 양주를 떠나기 1년 전 어느 가을이었던 것 같습니다. 기도하러 뒷산을 올랐더니 웬걸 소녀가 있었습니다. 이젤 앞에서 풍경화를 그리는 소녀. 다시 가슴이 두방망이질 쳤습니다. 그녀는 나를 향해 빙긋 미소 지을 뿐 여전히 손놀림은 멈추지 않았습니다. 한마디의 기도도 못 드린 채 전 하산하고 말았습니다.

난 나의 신앙이 이 정도밖에 안 되나 싶어 통곡과 불면의 밤을 지냈습니다. 그로부터 몇 달 후 한 장의 쪽지를 남기고 소 판 돈 훔쳐 안개처럼 나를 가두던 그 공간을 탈출했습니다. 가출 후의 제 고생은 필설로 다해 뭐 합니까? 구두닦이, 신문팔이, 점원, 철가방……. 공원 벤치에서도 자고 교회 마룻바닥에서도 잤습니다. 지독한 고생

끝에도 향학열은 불타올랐습니다. 부모님으로부터도 용서를 받았습니다.

왜 신학의 길로 들어섰는지 저도 모릅니다. 단지 그분의 섭리가 아닐는지요?

어떤 작은 교회의 교육전도사로 부임해 쥐꼬리만큼의 봉급도 받았지만, 항상 배고프고 가난에 찌든 신학생이었습니다. 교정에서 목을 곧추세우고 느릿느릿 걷던 프레시맨 시절을 지나고 고학년이 되니 왠지 틈틈이 내가 과연 목회자가 될 자격이 있을까? 하는 회의도 찾아듭디다. 구약학을 가르치시던 모 교수님은 이리 말씀하셨습니다. 최선을 다하면 500명 목회는 가능하다고. 20명이나 될까 말까 한 개척교회를 시작하면서 전 500명은커녕 50명 목회도 힘들다는 걸 알았습니다.

이성에 동경을 가질 만큼 제 생활이 풍요롭지 않았지만 문득문득 산등성이에서의 소녀의 환영이 눈앞에 떠올랐습니다. 물론 젊은 전도사니 처녀들의 따가운 시선도 없었던 것은 아닙니다. 선배의 중매로 집사람과 결혼하게 되었습니다. 아내는 신학대학을 졸업하고 변두리교회의 여전도사로 사역하고 있었죠. 남편의 외도로 마음 둘 곳 없던 장모가 교회 출석을 시작하면서 여중학교 2학년부터 나가기 시작한 집사람은 일종의 남성 혐오증 환자였습니다. 독신주의자였는데 설득당해서 결혼했는데 저보다 3년 연상이었습니다. 교회는 주님의 축복과 부족한 저의 열성으로 나날이 부흥되었습니다. 상가 교회생활을 청산하고 150평의 부지에 교회 기공식을 올리던 날의 감격. 그 동네가 뚝방 동네라 교인들의 대부분은 단순 노동자들이었습니다. 그들은 순박하고 인정에 넘쳤습니다.

아내는 저의 목회를 헌신적으로 마치 누나나 어머니처럼 도왔습니다. 사실 개척교회라는 것이 봉급은커녕 유지비가 항상 모자랐습니다. 회계 집사는 매양 사례비 봉투를 들고 와 미안해했습니다. 저는 프랜시스를 얼마나 부러워했는지요. 기실 알고 보면 십일조라야 감사헌금이라야 얼마나 나오겠습니까? 그런대로 먹고살기 괜찮던 처가의 도움이 아니었다면 사실 제 목회는 더 힘들었을 겁니다. 두 아이의 보호자가 되니 말입니다.

저는 청소년 시절을 통해 가난하다는 것이 얼마나 인간을 맥 빠지게 하는지 잘 알고 있었으니까요. 치솟는 물가, 하루가 멀다고 뛰는 전세금, 관청에 가면 늘 걸려 있는 사진을 보며 구호와 후렴만이 지배하던 그 시대를 전 변두리 개척교회의 목사로 지냈습니다. 그러면서 전 제가 너무 무능력한, 그들에게 단 한 벌의 옷도, 한 그릇의 수프도 줄 수 없는 나 자신의 무력함에 사실 난 그들의 목숨과 맞바꾼 소중한 헌물을 너무 쉽게 획득하는 건 아닌지 회의가 들 때가 많았습니다. 기실 하루 벌어 하루 먹고사는 그들에게 안식일을 지키라는 설교도 잘 안 나왔습니다. 돈 걱정에 찌든 그들에게 십일조 하라는 설교도 잘 안 나왔습니다. 연보채 대신 입구에 비치한 헌금 궤엔 늘 몇 푼 헌금이 들어오지 않았습니다.

"아무래도 헌금은 하나님만 의식하고 안 내니 연보채로 합시다."

당회에서 그런 의견을 제시하는 장로님도 계셨지만, 왠지 전 수

락하기가 싫었습니다. 그때만 해도 젊어서인지요. 그러다 늘 열린 교회라 결국 헌금 궤는 도둑이 들고 가버리는 바람에 자연히 철거되었습니다. 제겐 붉은 벽돌도 아닌 화강암도 아닌 블록으로 지은 이 교회가 극장 같은 교회, 의사당 같은 교회보다 더 소중했습니다. 설탕 한 봉지, 달걀 한 꾸러미, 책 사 보라고 단돈 몇천 원 든 봉투 부끄럽게 내미는 그런 여신도들 때문에 고단한 목회도 그럭저럭 견딜 만했나 봅니다.

위임식도 치르고 교인들 숫자도 하나둘씩 늘어나고 호사다마인지. 사탄은 항상 평안하다고 할 때 방심할 때를 노리나 봅니다. 저는 지금 왜 내 생애에 그런 일이 일어나야 했는지 그 이유를 알지 못합니다. 그렇지만 이제 저는 모든 걸 그분의 섭리로 받아들입니다.

한 여신도의 출현이 제 일생의 크나큰 전기(轉機)를 마련했으니까요. 죄라면 그녀의 미모일까요? 지성일까요? 아니면 혹시나 그녀에게 상심을 줄까 미적지근한 제 태도였을까요? 그런 엄청난 추문에 휘말릴 줄은 상상도 못 했습니다. 솔직히 저라고 왜 여자가 눈에 안 들어옵니까? 저도 인조대리석이 아닌 원시 감정을 가진 한 인간입니다.

한 집사.

그녀는 그 동네엔 분명 어울리지 않는 여자였습니다. 500명 종업원을 거느렸던 부품 공장 사모님에서 하루아침에 파산한 신세로 뚝방 동네에 추락했던 여인. 남편은 지방으로 취직해 가고 어린 딸아이 하나와 살고 있었습니다. 그녀는 매사에 적극적이었고 쾌활한 성격이었습니다. 기실 그때만 해도 변두리교회라서인지 고학력자가 흔치 않았습니다. 대졸 출신인 그녀를 중고교교사로 임명했습니다. 그러나 어찌 상상이나 했겠습니까? 수상한 소문이 떠도는걸. 처음엔 어처구니없어 웃고 말았지만 이미 궤도를 벗어난 아내의 질투는 점점 더 가열되어 갔습니다. 도둑의 때는 벗어도 화냥 때는 못 벗는다고, 아니 땐 굴뚝에 연기 나느냐는 아내의 말에 대꾸할 말도 잃어버렸습니다. 버선목처럼 뒤집어 보일 수도 없고 교회 일로 접촉이 많았던 것은 사실이었지만 그렇다고 공적인 관계 그 이상은 아니었습니다. 집사람에게 극구 변명했지만 이미 의부증이 되어버린 집사람의 이해를 구하는 건 난망이었습니다. 기실 교회란 찬송가 소리만이 아닌 악취도 나고 도랑물 내려가는 소리도 들리는 장소라는 걸 전 그때 깨달았습니다. 전 여자와 돈을 조심하라던 선배 목사님의 조언을 기억해 내곤 쓴웃음을 지었습니다. 손 한 번 잡아보지 못하고 바람둥이가 된 제 모양이 뭐겠습니까? 무엇보다 힘든 건 아내의 끝없는 의혹이었습니다. 일종의 과민반응이었죠. 아무래도 3년 연상의 콤플렉스가 작용했나 봅니다.

  이것이 수습은커녕 확대 지경에 이르게 되었습니다. 너무 분통이 터져 집사람에게 손찌검했으나 소문이란 덧붙여지게 마련이어서 감기 걸렸다는 소문이 한 바퀴 돌면 죽었다고 소문이 난다는 말의 진의를 알겠습니다. 글쎄, 무의식의 심연에서도 한 집사에 대한 감정이 순수했다고 자신 있게 말하지는 않겠습니다. 타인에 의해 각인된 주홍글씨. 전 천국을 위해 고자 되지 못함을 부끄러워하며 항상 주홍글씨를 각인하고 살아온 건 아닐까요?

　사실 현대는 너무 성이 남용되는 시대인 것 같습니다. 홍수가 나면 막상 마실 물이 귀하듯 넘쳐나는 성의 홍수 속에 사랑은 고갈된 건 아닐는지요. 아득한 원시 난교시대를 거쳐 일부일처제가 성립되었지만 이 제도도 결국 무너지고 있습니다.

　소문이 가라앉기를 기다렸지만, 소문은 눈덩이처럼 불어나 결국 평신도에게까지 알려지고 말았습니다. 그래도 설마 하는 신도들이 꽤 있다는 것이 제겐 위안이었습니다. 500명 모이는 교회에서 초청장이 왔을 때 떠났으면⋯⋯. 이런 치욕은 없었을 텐데. 그러나 후회는 뒤에 오는 법인가 봅니다. 버티다 못 해 저는 사직서를 냈습니다. 그리고 저는 기도원으로 가 40일 금식 기도에 들어갑니다. 정말이지 그것은 생사를 가르는 처절한 기도였습니다.

　하산하니 모든 일은 주님이 해결해 주셨습니다. 뜬소문을 터뜨린 진범이 나타났습니다. 김 집사였습니다. 고졸 출신인 김 집사는 한 집사의 출연으로 다소 소외되는 느낌을 받았고 질투심에 불쑥 아무렇게나 던진 말이 이와 같은 악성 뜬소문으로 발전되자 덜컥 겁이 났지만 어쩔 수 없이 되었다는 겁니다. 전 울면서 고백하는 김 집사의 말에 아연실색하고 말았습니다. 김 집사의 부추김에 놀아난 아내도 할 말을 잊은 듯했습니다. 전 여자들의 질투가 이리 무섭구나! 깨달았습니다.

　눈물의 고별식을 마치고 전 그 판자촌을 떠났습니다. 반대편을 향해. 블루칼라가 아닌 화이트칼라가 사는. 교회도 부흥하고 누구처럼 유명한 목사가 되길 바라며. 나보다 공부도 잘 못한 친구도 더 잘생기지도 않은 친구도 되는데 나라고……. 그러나 의욕적으로 시작한 목회도 생각대로 풀리지 않았습니다. 34평 아파트 전세에 들어가니 생활비도 더 들었습니다. 그 해는 제 개인적으로 변화가 많았지만, 국가적으로도 변화가 많았습니다. 10·26 사태, 12·12 안개 정국……. 서울의 봄은 좌절되었죠.

사실 저는 보수 교단에 속해서인지 성격 탓인지 설교 시간에 한마디 정치 비평하지 않았습니다. 가정일도 교회 일도 골머리 아픈데 온 나라 걱정까지 할 에너지도 없었습니다. 카타콤 시대나 대원군 시대도 아닌데 감방 갈 만용도 내겐 없었습니다. 참 설교란 것이 그래요. 어떤 이에게는 아이스크림이 어떤 이에게는 독배가 됩니다. 나의 침묵이 꼭 변명 같지만 비겁해서만은 아닙니다. 누구 말처럼 어느 시대나 현재에 불만인 자는 진보주의자가 되는 건 아닐까요?

이미 저는 신학생도 또한 전도사도 아니었습니다. 딸과 외식 약속을 깨고 병든 교인의 가정을 심방하는 일이 곤혹스러운 중년의 목회자였습니다. 사실 제가 부임했던 그 부촌의 상가 교회란 1대 부모님 믿음 탓에 웬만큼 출세하고 축복받아서 풍요로운 삶이었습니다. 그들의 신앙생활이란 것이 지극히 형식적이고 타성적이었습니다. 오전 예배만 참석하고 오후엔 야외, 뭐 그런 식이었습니다.

전임자의 금전 문제로 혼란에 빠졌던 교회도 저의 부임으로 안정을 찾아가던 어느 날이었습니다. 전 정말 그날을 잊을 수 없습니다. 방 장로님의 아파트를 방문한 날이었습니다. 부인인 정 권사님이 아프다기에 권사님, 집사님 몇 분과 방문했습니다. 벨을 누르자 현관문을 열어준 부인을 보자 전 왠지 낯선 얼굴이 아님을 깨달았습니다. 행색이 초라하고 얼굴엔 고생한 흔적이 역력했지만 범할 수 없는 우아함을 지닌 그녀였습니다. 난 묵례를 하면서 거실로 들어갔습니다. 예배가 끝나고 파출부인 그녀가 차와 다과를 내왔습니다. 그때만 해도 전 그녀를 알아보지 못했습니다. 노을 지는 창문에 서면 언뜻 떠오르던 소녀. 그 숱한 세월도 소녀의 모습을 완전히 바꾸진 못했습니다. 성모상처럼 닿을 수 없는 곳에 있는 줄 알았던 소녀. 몇 년 전 고향에 가서 윤 진사 댁이 10년 전에 떠난 건 알았지만……

정말 저는 인생이 한 편의 드라마라는 걸 느꼈습니다. 그녀는 핑크빛 드레스를 입고 비단 커튼이 드리워지고 양탄자가 깔리고 우아한 초상화가 걸린 벽난로 앞, 고풍스러운 의자에 앉아 있어야 했습니다. 헐렁한 스웨터, 월남치마, 구멍 뚫린 앞치마, 이것이 그녀의 몫이라니. 저는 상심했습니다. 정 권사님으로부터 다시는 그녀가 오지 않는다는 소식을 듣고 난 왠지 마음이 아팠습니다. 처음엔 못 알아보았지만 그녀에겐 여전한 소녀 시절의 우아함이 남아 있었습니다. 정 권사님으로부터 전화번호를 알아서 몇 번의 망설임 끝에 그녀의 집을 찾은 건 한참 후였습니다. 정 권사님으로부터 들은 이야기는 그녀는 부잣집 아들과 결혼했지만 결국 시집의 부도로 파산하고 남편은 룸펜으로 술타령이나 하고 자폐증 걸린 아들 하나가 있다는 걸 알았습니다. 그녀가 사는 곳은 내가 미움과 아픔 속에 떠났던 그 동네였습니다. 산 중턱에 위치한 허름한 8평이나 될까? 하는 무허가 집이었습니다. 그녀의 남편은 고래고래 소리를 지르다 나를 보고 흠칫 놀라는 눈치였습니다.

모시기에는 너무 누추합니다.

그녀는 수줍게 말했습니다. 그녀의 남편인 듯 장발에 수염이 텁수룩한 그러나 외모는 준수한 장신의 남자가 술에 곯아떨어져 있었습니다. 아들인가는 없었습니다. 그러나 방 안은 잘 정돈되어 있었습니다.

저는 간단한 기도를 끝내고 그녀에게 성경책 한 권을 주었습니다. 한때 사랑했던 그녀에게 줄 수 있는 건 오직 그것뿐이었습니다. 귀가한 나는 아내에게 허심탄회하게 첫사랑의 소녀 이야기를 했습니다. 예상외로 집사람은 그 사랑을 담담히 받아들였습니다. 그리고 마치 동생이라도 되는 양 그녀에 대한 관심과 사랑을 나타냈습니다.

긴 방황을 끝내고 그녀는 아버지 집으로 돌아옵니다. 남편도 자식도 몽땅 구원받습니다. 아들의 자폐증도 치료되고 남편은 어느 회사에 취직하고 그녀도 조만간 조그만 가게를 얻어 생활의 안정도 찾게 되었습니다. 이것이 불과 몇 년 만에 일어난 놀라운 변화였습니다. 저의 고통은 그녀의 영혼을 구원하기 위한 하나님의 섭리였습니다.

5년간 아파트촌 상가 교회의 시무를 끝내고 저는 현재의 교회로 부임했습니다. 설립된 지 50년이 넘으면서 교회 성장은 더디 교인이라야 200여 명 정도였습니다. 붉은 벽돌 건물이 꽤 나이테를 드러내고 있으니까요. 교인들은 제가 설교 안 해도 십일조, 주일성수 잘합니다. 순종도 잘합니다. 몇 번의 분가를 통한 결과였습니다. 제가 부임하고 한 500명 출석하고 있습니다.

　이제 저는 저의 달란트에 만족합니다. 저 매머드 교회에 기죽을 일도 그 목회자를 헐뜯을 일도 없습니다. 교회는 술집과 도박장과 극장 저 건너 피곤한 영혼의 안식처가 되어야겠지요. 그러나 제도상의 교회란 불완전할 수밖에 없다는 걸 알았습니다. 루터의 종교개혁은 영원한 미완성이 아닐까요?

　이제 고생 좀 면했나 싶었는데 하나님이 집사람을 먼저 부르십니다. 하늘나라에서 부족했던 나의 사랑을 용서하길 빌며. 비로소 전 그녀가 채웠던 자리가 컸음을 느낍니다. 심약했던 집사람에게 사모란 자리는 좀 벅차지 않았나 봅니다. 좀 모양내면 사치한다고 검소하면 촌티 난다고 말 안 하면 내숭 떤다고 말 많은 교회생활도, 모든 일에 색안경을 끼고 보는 사람들 때문에 몹시도 처신이 힘들었을 겁니다. 과외 한 번 안 시키고 서울대 입학시키고 그리 기뻐하던 아내. 성전에서 밤새워 기도하던 그녀. 저 역시 오랜 가부장제도 속에서 성장한 탓으로 남편의 권위만 내세우고 그녀의 마음을 헤아리는 데는 인색했습니다. 참, 한 집사와 김 집사는 그동안 신학을 해서 조그마한 교회의 여전도사들로 봉직하고 있습니다. 부모님도 동생들도 다 주님의 품으로 돌아왔습니다. 동생 1명은 지금 농촌교회 전도사입니다. 제 아들도 필리핀 선교사로 곧 나가게 됩니다.

　항상 저는 우리 속의 탕아였음을 고백합니다.

주홍글씨 2

아버님 장례식을 마치고 아버님의 서재에 오니 만감이 교차합니다. 원로목사로 봉직하고 자식들도 사회에서 제 몫을 담당하니 정말 감사하다고 통장 잔액은 노후 준비 안 된 은퇴 성직자를 위한 요양원 건립에 써달라고 유언하고 가셨습니다. 장서(藏書)만이 제가 유일하게 상속받은 유형적 재산입니다. 목사 아들이라는 압박감은 사춘기 시절 저에게는 엄청났지요. 차라리 악덕 사채업자의 아들이 편할 것 같다는 불효막심한 생각도 잠깐 했으니까요. 그런 생각이 한때 사춘기의 저의 방황과 일탈(逸脫)을 부추겼는지 모릅니다. 저의 방황을 인내해 준 부모님과 교인들 때문에 탕자인 제가 돌아올 수 있었습니다. 아버님을 이어 주의 종의 길을 가게 된 건 그분의 섭리겠지요. 케리그마(말씀), 디아코니아(봉사), 코이노니아(친교)가 넘치는 교회의 사역을 위하여 기도하지만, 아버님은 항상 자신의 부족함을 절감한다고 하셨습니다. 저 역시 무익한 종임을 고백합니다.

20세기를 마감하는 지난 1999년 12월 29일, 캔터베리 대주교 등 영국의 대표적인 기독교 종파 지도자들은 지나간 2천 년 동안 기독교회가 저질러온 죄를 회개하는 '밀레니엄 회개 선언문'을 발표하였습니다. 교회와 교회에 관계된 개인이나 단체들에 의해 저질러진 죄과들이 있었음을 인정하고 이를 인정하고 이를 회개한다고 공포했습니다. 세상을 향한 이런 선언은 미래에도 있어야 된다는 것이 우울하게 합니다.

세상을 향하여 한국교회사의 반성문을 씁니다.

한국교회는 선교 사상 유례가 없을 정도로 급속히 성장해 왔습니다. 선교사들은 복음을 전파하고 교회를 세우는 일과 동시에 의료, 교육, 한글의 보급, 여성의 지위 향상, 신분 평등화 등 여러 방면으로 구한말의 개화에 이바지하였습니다. 1907년을 전후로 일어난 영적 각성 운동은 많은 경건한 그리스도인을 만들었지요.

경술국치 이후 일제의 핍박을 받으며 성장하다가 1919년의 3·1 운동 때에는 많은 기독교인이 적극 동참하였고 주도적인 역할을 감당했습니다. 1920년대 중반부터는 농촌의 진흥을 위한 계몽과 교육에 힘을 기울임으로써, 교회는 영적인 삶만이 아닌 일제의 식민통치 하에서 신음하는 민족의 생활고를 해결하는 일에도 온 힘을 다해 사회에 공헌하고 이끌어 가는 위치에 있었습니다. 그러나 한국교회는 1930년대 중반부터 1945년 해방이 되기까지 일제의 신사참배로 혹독한 시련을 겪게 됩니다. 조선총독부는 남산에 조선신궁(朝鮮神宮)을 준공한 후 전국의 방방곡곡에 신사(神社)를 건립하도록 하였습니다. 일제는 신사참배는 황국신민(皇國臣民)의 의무라고 강요하였습니다. 천황을 신으로 내세워 예배하게 하며 절대적인 복종을 요구한 일제의 이면에는 군국적인 팽창주의와 제국주의적 국가주의가 도사리고 있었습니다.

로마 가톨릭교회는 일제 당국의 신사참배에 대한 해석을 받아들였고 1936년 11월에는 일본의 기독교연합회도 끝내 굴복하고 맙니다.

그나마 버티던 장로교도 1938년 9월 9일 서문 밖 교회에서 열린 제27회 장로교 총회에서 일본 경찰의 감시와 통제 속에서 불법적으로 신사참배를 결의합니다. 회의가 끝나자 23명의 총대가 평양의 신사로 직행하여 참배하였습니다. 장로교와 감리교의 각 총회는 그해 12월 12일에 전 조선 기독교 대표를 일본에 보내어 이세 신궁을 참배하게 합니다.

태평양전쟁이 발발하자 일본 정부는 예배당에서 하나님께 예배하기 전에 먼저 일본의 천황이 있는 동방을 향해 경례하고 전몰장병을 위한 묵도를 하며 황국신민 서사를 제창하여야 했고 일제에 굴복한 교회 지도자들은 전쟁을 선전하는 연사로 부역해야만 했습니다.

일제는 더 나아가 찬송가와 성경도 마음대로 사용하지 못하게 합니다. 찬송가 가운데 왕이란 말은 주로 대치하도록 하고 모세5경과 다니엘서 요한계시록은 보지 못하게 하고 후에는 설교도 4복음서만 택하도록 하였습니다. 1945년 해방 직전 국내의 교파 교회들은 일본 정부의 지시로 '일본기독교조선교단'으로 통합됩니다. 이럴 즈음 50명의 한국 목사들은 서울의 한강과 부산의 송도 앞바다에서 신도의 사제인 '간누시(神主)'에게서 신도의 정결의식인 '미소기 바라이'를 받았습니다. 1930년대 중엽부터 보수 측과 자유 측의 신학적인 견해 차이는 보수주의 신앙인들이 신사참배 반대로 핍박을 당할 때 자유주의자들은 타협과 적응의 길을 택하였습니다. 지도적인 보수주의자들이 모두 옥중에 갇히거나 지하로 피신한 상태에서 1940년 4월 조선신학교가 장로교의 독립신학교로 개교합니다. 한국교회가 일본의 신도와의 혼합정책으로 위기에 처해 있을 때입니다. 설립자이자 교장인 김재준 목사는 "서양선교사들의 지배와 보수신학으로부터의 해방"이라고 말합니다.

해방과 더불어 '기독교조선교단'으로 통합되었던 한국교회는 통합을 유지하려는 시도는 무위로 끝나고 교파 교회로 환원합니다.

아마 한국교회의 비극은 독일 교회의 지도자들이 나치 정권에 굴종한 사람이나 대항하여 싸운 사람이나 '우리'라는 말로 시작하는 고백문에서 보듯 연대책임과 죄의식을 느끼지 못한 것이 아닐까요? 5세기 북아프리카에서 있었던 초대교회의 도나투스 논쟁처럼 말입니다. 배교자에게 축출을 주장한 도나투스주의자들에 맞서 어거스틴은 교회의 목회와 말씀선포의 정당성은 목회자들의 성결함에 잊지 않고 오직 예수 그리스도의 인격에 의존하고 있다는 것입니다. 목회자의 개인적인 무가치함이 성례전의 타당성을 손상하지 않는다는 주장입니다. 아무튼, 많은 교회의 지도자들은 공개적으로 회개할 용의가 없었죠. 신학의 미성숙이 교회의 분열을 가져왔습니다.

남북의 분단과 6·25 전쟁으로 교회는 엄청나게 피해를 보았죠. 많은 기독교인이 고난을 겪고 순교했습니다. 북한에서는 공산 정권의 탄압으로 그리스도의 교회가 지상에서 자취를 감추고 살아남은 교인들은 대거 월남합니다.

전쟁 통에 많은 구호물자가 들어왔고 교회 안의 많은 사람이 구호물자를 탐내고 자선을 빙자하여 자기의 유익을 구하는 일도 있었습니다. 물론 자신의 개인 재산을 털어 구제 사업에 힘쓴 사람도 많지만 말입니다.

1948년 정부 수립 이후 4·19 혁명이 있기 이전까지 남한의 교회는 이승만 정부에 많은 기독교인이 참여하고 있었고 전폭적으로 지지하였습니다. 자유당 말기 국민의 비판을 받는데도 기독교의 이름으로 일간신문에 지지성명을 내는가 하면 부정선거를 규탄하는 소리가 드높은데도 일부 교회에서는 4선 대통령이 된 감사하는 예배를 드리기까지 했습니다.

4·19 혁명 이후 한국교회의 주로 자유적이며 진보적인 지식인과 교회의 지도자들은 무분별하게 정부를 맹목적으로 지지한 사실을 공개적으로 사과했습니다.

5·16 쿠데타 이후 한국 사회의 산업화 과정은 이농으로 말미암은 농촌의 공동화와 인구의 도시 집중화를 일으키며 사람들의 의식과 가치관에도 영향을 주었지요. 농촌교회들은 인구의 감소로 미자립 교회로 퇴보하지만, 도시교회들은 월남민과 이농한 사람들로

급속히 성장하고 수많은 개척교회와 대형교회의 출현이 가능해졌습니다. 유신 시절 박 대통령은 유신체제에 주로 비판적이던 진보적 자유주의적 기독교계에 대항하기 위해 승공을 앞세운 최태민의 대한 구국선교단을 용인한 면도 있지요. 1975년 6월 21일 성직자 1,600명이 1박 2일의 군사훈련을 받았습니다.

한국교회가 급속한 성장을 이룬 건 하나님께 감사할 일이지만 이제는 독선적인 사고로 야기된 극심한 교회분열과 자본주의 체제의 기업 생리를 닮게 마련인 개(個)교회주의를 반성하고 극복해야 할 때라고 생각합니다. 이제 탈종교화 추세는 세계적인 추세인데 근래 통계청이 발표한 바로는 무종교자가 인구의 절반을 넘었다고 합니다. 1위 자리를 불교 대신 개신교가 차지했다고 하지만 마냥 반가워만 할 순 없죠. 현실적으로는 뚜렷한 교인 감소추세를 보이는데 아마도 대형교회와 교단의 세속화와 목회자에 대한 실망으로 교회에 적을 두거나 예배에 출석하지 않는 '가나안 성도'의 증가와 시한부 종말론을 주장하거나 교주를 신격화하는 소위 이단이 개신교로 분류되었다고 보는 것이 타당하겠지요. 고령화로 말미암은 착시현상이라는 의견도 있습니다. 신자들의 고령화로 한국교회는 지금 노인교회가 되어가고 있으며 언제 유럽교회의 위기를 맞이할지 모릅니다. 2000년대 들어서며 개신교 내에서 잇달아 추문이 터지면서 성경책을 손에 들고 교회로 갔던 교인들이 이제는 가방 속에 넣고 다닙니다. 교회는 벌거벗은 임금님처럼 조롱받고 있습니다.

2012년 한국 여러 교단의 목회자 27명이 함께한 루터대 주관 토

론회에서 오늘의 한국 개신교회와 종교개혁 시대의 천주교의 공통점 10가지를 취합했습니다.

* 재물로 하나님의 은혜나 복을 얻을 수 있으며 선행으로 천국에 갈 수 있다는 생각
* 교회의 지옥과 죽음에 대한 두려움의 악용
* 교권주의
* 성직매매
* 목사의 돈에 대한 지나친 관심과 오용
* 교회를 개인 소유로 착각하는 경향
* 도덕적, 성적 타락과 낮은 신학적 수준
* 화려한 교회 건물의 신축
* 교회 성장주의 기반이 되는 '영광의 신학'

독일 출신의 말테 리노 교수는 한국 개신교의 과제로 윤리회복과 신학교육의 강화와 다른 믿음을 가진 사람들과의 교류와 함께 기독교의 본질을 되찾으려고 했던 종교개혁의 핵심 곧 '예수 그리스도'로 돌아가라고 했습니다.

이제 저는 일주일 후 부목사 생활을 마치고 지방의 한 교회의 담임목사로 초빙(招聘)되어 갑니다. 아버지의 이름은 저에게는 훈장이기도 하고 명예이기도 합니다. 서울대학교 법대를 나와 사시 합격하고 판사를 거쳐 로펌에 취직한 누나는 세상의 명예보다 주일학교

교사가 더 소중하다나요. 수입의 10분의 1은 사회복지단체에 기부합니다. 장로인 매형은 로스쿨 교수입니다. 수입의 10분의 1은 장학금으로 냅니다. 배우고 가진 자로서 이 사회를 유지하기 위한 최소한의 비용이라나요. 자기는 행동하지 않으면서 정치만 탓하는 것이 문제라고 말합니다. 유산의 3분의 1은 사회에 환원하기로 했답니다. 은퇴 후에는 아담한 전원주택에서 소박하게 살고 싶답니다. 권사인 장모님은 남편 먼저 보내고 자식 혼사 다 치르고 썰렁하다고 모교에 부탁해 지방에서 올라온 형편 어려운 여대생 둘에게 셰어 하우스를 무료로 제공하고 있습니다.

기독교는 베드로나 바울 같은 위대한 사도들만이 아닌 이름 없이, 빛도 없이 주의 사랑을 실천한 성도들에 의해 이어져 온 거라는 걸 느낍니다. 중세 암흑기에도 성 프랜시스는 있었습니다.

종교개혁 500주년에 한 대형교회의 부자세습 문제로 한국교회가 또 벌거벗은 임금님이 된 걸 생각하니 참담합니다.

그렇지만 이제 한국의 개신교회는 달라질 것입니다. 나와 우리에 의해 학대받는 아동과 N포 시대의 젊은이들에게, 삶에 지친 중년들에게 고독한 노년들에게 초대교회가 그러했듯이 제사장(祭司長)이 아닌 선한 사마리아인이 되어 그들에게 다가갈 것입니다.

참고문헌

『한국교회사』, 김영재

즐거운 나의 집

누구나 외할머니란 푸근한 느낌을 주리라. 지금처럼 교통이 발달한 시대도 아니고 너무 어린 나이에 이별해서인지 나는 외할머니에 대한 기억이 별로 없다. 사진 속의 외할머니는 다소 광대뼈가 도드라진 모습이다. 인자하다는 인상보다는 다소 고집스러워 보인다. 어머니에게 외할머니란 그리움의 대상만은 아니지 않았나 싶다. 시어머니나 친정어머니나 부양하는 건 쉽지 않다.

외할머니는 딸 하나 딸린 상처한 홀아비에게 처녀로 시집가서 외삼촌과 어머니를 낳았다고 했다. 외가는 상당한 재력가이었다고 한다. 외할아버지는 상당히 준수한 용모에 키가 큰 선비 유형의 인물이었다고 어머니는 회고했다. 아마 어머니와 외삼촌의 용모는 아버지를 닮은 편인 것 같다. 외가에 닥친 비극은 외삼촌의 결혼이었다. 당시 조혼이었는데 외숙모가 정신병 환자인 걸 모르고 시킨 결혼의 충격으로 외할아버지는 일찍 돌아가셨다. 외삼촌도 학업에 취미를 잃어버리고 낚시질이나 다녔나 보다. 그래도 사이에 세 아들을 두었는데 둘은 일찍 전염병으로 죽고 외사촌 오빠 한 사람만 살아났다고 했다. 부잣집 도련님으로 세상 물정 모르던 외삼촌은 주위의 부추김에 빚보증을 서 재산을 탕진했다고 한다. 외할머니는 능력 없는 아들 대신 딸과 함께 살았다. 지금 같은 세상도 아니고 장모님 모시고 산 아버지도 친정어머니 모시고 산 어머니도 참 대단해 보인다. 외할머니도 어쩔 수 없이 딸과 함께 살면서 많은 괴로움이 있었지 않았나 싶다. 남편 밥은 드러누워 먹고 아들 밥은 앉아서 먹고 딸 밥은 서서 먹는다고 어머니는 말했다. 딸과 살면서 외할머니도 노력 제공을 했다. 평양에 살 때는 기생들 바느질과 빨래도 했고 월남해서는 두부 만들어 팔고 엿 만들어 딸과 함께 팔았으니 결코 부양만 받은 건 아니다. 오히려 딸에게 금전적인 혜택을 주었다고 큰언니는 말했다.

시대가 시대인지라 아들 부양을 못 받는 자신을 비관하는 생각에 빠져들면 식음을 전폐했고 어머니는 무조건 외할머니에게 잘못했다고 빌던 모습이 생각난다. 외할머니는 좀 별스러운 성미여서 외손녀 중에도 편애가 심해 작은언니만 예뻐했다.

자수성가한 외사촌 오빠가 외삼촌에게 논밭을 사 주어 조금 형편이 펴지기까지 그러니까 내 나이 여섯 살까지 외할머니는 우리와 살았다. 외가에서 외할머니의 부음을 들은 건 3년 후인 것 같다.

내가 태어나기도 전에 친할머니는 이북에서 돌아가셨으니 나는 친할머니도 외할머니의 사랑도 잘 모른다. 외손자는 업고 가고 친손자는 손잡고 간다고 했던가? 그만큼 외손자가 더 귀엽다는 말인데 불행하게도 내게는 딸이 없으니 내가 외할머니가 되어 그 기분을 느낄 일도 없다.

이제 우리 사회도 대가족은 해체되고 아직 유리천장이 존재하는 것도 사실이지만 전보다 여성의 지위도 많이 향상되었다. 여성의 대학진학률도 고시합격률도 폭발적으로 늘었다. 주위에 알파 걸이 널려 있다.

내 아명은 안필이. 딸만 넷 낳은 우리 부모에게 남동생을 보라고 친척 할머니가 지어준 이름인데 초등학교에 들어간 다음부터는 친구들 앞에서 안필이라고 식구가 부르면 질색을 했던 기억이 난다. 이름 때문인가 남동생을 보긴 보았는데 아버지의 첩에게서 유복자로 태어난 이복이다.

나는 이런 가정환경 때문에 나 자신 페미니스트라고 생각했는데 근래 아들 때문에 가치관이 달라졌다고 할까?

지난날 혜화역에서 남성 누드모델 불법 촬영으로 인한 젊은 여성 피의자에 대한 경찰의 신속 수사로 인해 격분한 수만의 젊은 여성들의 시위가 있었다. 충격적 온라인 혐오 게시물이 갈수록 늘어나는 남혐, 여혐 현상은 오히려 극단으로 치닫고 있다.

성전(性戰)에 난 곤혹감을 느낀다.

오늘날엔 유치원에서부터 어린이들에게 전통적인 성 역할을 바탕으로 생각하지 않도록 가르친다. 남성과 여성은 선천적으로 생물학적인 특성이 다르고 장단점과 관심사가 다르다는 사실이 무시되고 처음과는 달리 시간이 지나면서 남성을 증오하는 정서로 변한 것은 좀 아닌가 싶다.

고대엔 전사(戰士)로 오늘도 국방의 의무와 가장의 의무가 부과된 그들에게 연민의 감정을 지니게 된 건 모성이 이유일까? 그들도 가해자가 아닌 피해자가 아닐까?

즐거운 곳에서는 날 오라 하여도
내 쉴 곳은 작은 내 집뿐이리
내 나라 내 기쁨 길이 쉴 곳도
꽃피고 새우는 집 내 집뿐이리
오 사랑 나의 집
즐거운 나의 벗 내 집뿐이리

바람 난 아버지와 조로한 어머니. 투병하던 언니. 한 그루의 나무도 한 개의 화분도 없던 상가주택. 즐거운 나의 집은 아니었다.

정말 즐거운 나의 집을 파괴하는 건 개인의 일탈과 폭력만이 아닌 거악(巨惡)도 한몫한다.

북한은 지난 2015년 12월 평양에 여행 간 미국인 대학생 오토 웜비어를 오하이오주 와이오밍의 우정연합감리교회의 지시를 받아 1만 달러를 받고 정치선전 포스터를 떼려 했다는 이유로 억류했다. 문제는 오토가 유대인 혈통으로 유대교 신자란 점이다.

오토가 2017년 6월 17개월 억류 끝에 혼수상태로 풀려난 뒤 일주일 만에 숨지자 부모는 "오토가 집으로 오는 여행을 완전히 끝냈다."라고 성명을 발표했다. 그리고 마이크 펜스 미 부통령을 고객으로 둔 워싱턴의 한 유력 컨설팅 회사와 계약했다.

이들의 집요한 노력으로 대북 제재를 확대하고 의무화하는 방안이 상하원이 합의한 2020년 국방수권법에 반영됐다.

웜비어 가족은 또 지난해 말 미국 법원에서 북한이 약 5억 달러를 배상해야 한다는 판결을 받아냈고 이 판결을 근거로 전 세계에 은닉한 북한 김정은의 비자금을 추적해 압류할 수 있다. 대북 제재가 완화되더라도 웜비어 가족의 수익금에 대한 소송을 걸면 북한의 합작사업이 힘들어질 수도 있다. 이제 웜비어 가족은 전 세계를 돌며 북한 김정은 정권의 야만성을 폭로하고 있다. 청와대는 바쁘다는 이유로 그들의 예방을 거절했다.

한국전쟁으로 천만 이산가족이 생겨났고 근래의 아이엠에프는 가정의 해체를 불러왔다.

과거엔 결혼이 필수였다면 요즘 젊은이들에겐 결혼은 선택이다. 여성의 경제활동 증가, 교육수준 향상, 개인주의 등의 이유로 또 남자는 집 여자는 혼수 마련과 출산 그리고 경력단절에 등에 대한 부담감으로 결혼을 주저한다. 결혼하기도 어렵다.

한국 사회에서 이제 전형적인 가정의 모습은 해체되고 있다. 통계청에 따르면 30년 전인 1990년에는 4인 가구가 표준형으로 전체 가구의 30%였으나 2018년 현재 17%이고 당시 9%이었던 1인 가구는 2018년 기준으로 29.2%에 달하고 혼인 건수는 6년 연속 감소 출산율은 0.98명으로 여성 1명이 평생 채 1명의 자녀를 출산하지 않는다. 30년 뒤 지역의 생활 산업 기반이 무너져 사라질 가능성이 큰 소멸위험 지역이 전국 기초자치단체 226곳의 43%인 97곳에 달한다고 한다. 인구변화와 가족 형태의 다변화는 현재 진행 중이다.

인류 최초의 집 동굴

인도네시아 술라웨시섬의 한 섬에서 길이 4.5m에 이르는 동굴벽화가 발견되었다. 우라늄 방사성 동위원소 연대측정에서 43,000년 전에 그려진 인간과 동물의 형태가 결합한 수인(獸人)의 모습이 들어있는 인류 최고(最古)의 사냥도로 확인됐다.

전후의 한국 사회의 참상

차창 밖으로 보이던 민둥산, 축사 같던 초가집, 판잣집, 루핑집을 보며 후진국민의 비애감을 느꼈었는데 이제 자원 빈국인 한국은 교육입국과 수출주도형 산업으로 경제적 성공을 거두게 되었다. 민둥산은 산림녹화로 수풀이 우거진 산들이 되었다. 이제 국민의 주거

형태도 변해 약 60%가 아파트에 거주한다. 20만이던 조선의 한양은 일천만의 메가시티가 됐다.

분단 시대는 종식되지 않았고 북의 비핵화 사기극은 기만으로 드러났다. 전쟁이 날지도 모른다는 흉흉한 소식은 들리는데 서울 집값은 계속 오르기만 하고 강남의 어느 아파트는 3.3m당 1억짜리도 나왔다. 촛불 정부가 18번째 부동산 정책을 발표했다. 17번째 분양가 상한제가 도리어 집값 급등을 촉발하자 분양가 상한제를 더 확대하고 주택담보대출 규제를 강화했다.

2년 6개월 동안 무려 18차례나 대책을 내놓았는데 시장에서 약발이 안 먹힌다. 주택 10채 넘는 집 부자가 약 43,000명으로 전년보다 증가세라 한다. 청와대 비서실장이 청와대 다주택자 참모들에게 "한 채 빼고 나머지 집은 팔라."는 지시를 내렸다.

아가씨에서 아줌마로 아줌마에서 할머니로 호칭이 바뀔 때마다 느꼈던 곤혹감. 여자와 집은 단장하기 나름이라는데 난 경제적인 이유로 꾸미기를 외면했다. 항상 박봉에 시달리며 가족의 구성원으로서의 의무감에 시달려 왔다. 셋방살이의 고달픔도 겪었고 집 마련도 쉽지 않았다. 경단녀가 되자 나의 인문계 고교 졸업장이라는 건 도대체 쓸모가 없었다. 허약체질이라 힘든 일도 못 해서 나는 전업주부로만 살아왔다.

우리 부부가 근검절약한 생활한 탓에 그나마 G시에 28평 아파트 한 채 마련했다. 남편은 지난해 먼저 하늘나라로 갔다. 국민연금과

주택 연금으로 나의 노년은 비교적 안정되었다. 여자가 말띠라 팔자가 드세니 액땜하려면 늦게 시집가야 한다는 말에 세뇌되어서인지 나는 서른 가까이 되어서 결혼을 했다. 지난여름 경로 우대증을 받으니 기분이 묘했다. 평균 수명과 노인 취업인구의 증가로 자유 직종의 가동 연한도 늘어나고 있다. 100세 시대라 법정 노인 기준 65세를 기준을 70세로 올리자는 의견도 강하다.

시장엘 갔다. 단골미용실에 들러 오랜만에 커트를 치고 파마를 한다. 나이가 드니 어쩐지 젊은 미용사보다 내 또래의 미용사가 편하다. 실내장식도 낡고 내부는 잘 정돈되어 있지 않다.

집에 돌아와 유튜브를 보는데 초인종이 울렸다. 나가보니 옆 동에 사는 질부(姪婦)였다.

"이모님. 해물전을 부쳤는데 가져왔어요."

질부는 싹싹하다.

"고마워. 커피 마실래?"

"조금 전에 먹었어요."

"하늘이 얼마 전에 보니 많이 컸더라."

"저보다 한 뼘은 클 거예요. 사춘기라 제가 시집살이한답니다."

난 빙그레 웃었다.

"친정어머니는 잘 계셔?"

"황혼 육아로 고생이죠. 올케가 맞벌이라 어머니가 고생이세요."

"몸은 힘들지만, 막상 손주 안 보면 보고 싶고 손주 병이라잖아."

"저 펫숍 차리기로 했어요. 아무래도 하늘이 아빠 혼자 힘으로 부치니까 제가 부업을 하기로 했지요. 경단녀라 취직도 쉽지 않고요. 애견미용사 자격증도 땄어요. 불경기라 걱정은 되지만."

"반려동물을 가족처럼 생각하는 펫팸이라는 말도 있잖아. 내년에는 시장규모가 6조 원대로 확대될 것으로 예상된대. 3,000만 원짜리 반려동물용 집도 있다잖아. 유명 디자이너와 협업한 애견의류 입고 애완동물 영양관리사가 만든 연어나 닭가슴살로 만든 간식 먹지 영양제 먹지 홍삼 든 사료 먹고 여름에는 시원하게 겨울에는 따뜻하게 대리석 침대에서 자고……. 백일상도 차려주고 이젠 죽으면 애견 전문 장례업체에서 해주지. 반려견의 죽음으로 한동안 펫로스(애견 부재 우울증)를 겪는 사람도 많다잖아."

난 신문에서 본 기사를 질부에게 말했다.

아직도 뒷골목에서 보신탕 가게를 가끔 보기도 하고 식용으로 개를 집단 사육하는 나라지만 개도 금수저 팔자를 타고나면 인간보다 대접을 받는다. 지난여름 탈북자 한성옥, 김동진 모자의 아사(餓死) 사건이 있었다. 냉장고는 텅 비어 있었다. 따뜻한 남쪽 나라에서 꿈꾼 즐거운 나의 집은 이루지 못하고 말이다. 촛불 정권의 급격한 최저임금 인상과 주 52시간 근로제는 역설적으로 빈자(貧者)의 호주머니만 가볍게 하는 역설을 만들었다.

"저 이모님. 친정집에서 좀 빌리고 했는데도 돈이 좀 모자라요. 돈 좀 있으시면 한 오백쯤."

"계좌번호나 알려줘."

"고맙습니다."

"고맙긴."

질부가 돌아갔다.

"엄마."

아들의 전화였다. 아들은 직장 때문에 W시에 있다. 아직 미혼이다.

"그래, 밥은 잘 챙겨 먹고?"

"걱정하지 마세요. 참 이번 주말엔 한번 갈게요. 전화도 자주 드리고."

"웬일이냐? 전화 잘 안 하더니."

"우리 동에서 한 청년이 고독사했어요. 보름 만에 발견되었대요."

난 입맛이 썼다. 이웃과 단절된 도시화의 그늘. 집성촌을 이루고 살던 농경사회가 그립기도 했다. 이제는 노인의 고독사뿐만 아니라 청장년의 고독사도 문제다.

오수연 여사가 내 이웃이 된 지 약 2년 되었다. 미혼인 딸과 나의 같은 동으로 이사 왔기 때문이다. 근린공원에서 먼저 나에게 말을 걸어온 건 그녀였다. 그녀의 딸은 디자이너라고 했다. 나보다 두 살이나 위지만 내 아래로 보였다. 많은 인생 곡절을 겪었다고 본인은 이야기하지만, 겉보긴 고생도 모르고 자란 사람처럼 보였다. 그녀는 소탈하고 꾸밈이 없었다. 항상 웃는 얼굴이었고 나에겐 친척 언니처럼 살갑게 굴었다. 관절염 때문에 외출을 삼가고 주로 집에 있는 나에게 그녀는 가끔 별식도 가져다주었다.

오 여사가 일전에 고백했다.

그녀는 빈농 출신의 2남 3녀의 차녀로 태어났다. 중학교를 나와 여공 생활을 했고 그때 미혼모가 되었다. 상대에게 버림받고 그녀는 혼자 아기를 출산하고 기를 수가 없게 되자 아기를 시설에 맡긴다. 형편이 좋아지면 찾겠다는 일념이었다. 속절없는 시간은 흘러갔다. 먼 친척이 중매한 첫 결혼은 실패였다. 남편은 의처증 환자에 가정 폭력이 심했다. 자궁외임신으로 유산하고 석녀가 되었다. 그녀는 이게 다 자식을 버린 죄라고 자책했다. 그러다 어느 날 남편이 행방불명이 되었다. 서른 중반에 혼자된 그녀는 남자들의 유혹도 뿌리치고 돈 되는 일이라면 이 일 저 일 가리지 않고 열심히 일했다. 오직 자식을 찾겠다는 일념으로 말이다. 버린 딸에게 즐거운 나의 집을 찾아주기 위해.

그러나 조급한 마음 때문인지 몇 번 사기를 당한 그녀는 의욕을 잃고 음독자살을 결행한다. 그러나 모진 목숨 죽지도 않고 살아난다. 등산객에게 발견되어 살아났고 드라마처럼 그는 그녀의 남편이 되었다. 그는 상처한 지 2년 된 1남 1녀의 홀아비였다. 중소기업을 경영하는 사장이었는데 교회의 장로이기도 했다. 남편을 통해 그녀는 크리스천이 되었다. 안정된 생활을 하게 된 그녀는 용기를 내어 남편에게 자신의 과거를 고백했고 남편은 흔쾌히 그녀의 딸을 받아주었다. 그러나 그녀의 꿈은 이루어지지 않았다. 딸을 찾았지만 이미 그녀는 이 세상 사람이 아니었다.

시집간 딸은 고아라는 이유로 남편과 시집에서 부당한 대우를 받았고 상처를 받은 딸이 자살했다는 기막힌 소식을 들었다. 그녀의 상심은 말로 할 수 없었다. 그때부터 그녀는 이제 딸에 대한 속죄의 마음으로 남편이 후원하던 장애인 시설에서 자원봉사를 한다고 했다. 원장은 죽은 남편의 지인으로 역시 장로이고 장애인 아들을 두었다고 했다. 소망원이라는 장애인 시설은 우리 아파트에서 두 정거장 더 가 ○○병원 앞에서 내려 골목을 따라 한참 걷다 보면 산등성이 밑에 있는 꽤 큰 규모의 시설이었다. 몇 년 전 남편이 죽으면서 그녀에게 지금 사는 아파트와 상가건물을 한 채를 상속해 주었다.

전처의 아들은 미국에서 교수로 독일계 미국인과 국제결혼 해 2녀를 두고 있다고 했다. 전처의 딸과는 마치 자매같이 지난다고 했다. 내가 보기에도 그랬다.

내가 그녀에게서 들은 이야기는 너무나 충격적이었다.

소망원에는 금남의 구역이 있다는 거였다. 양부모에게 입양되었다가 어린 나이에 성폭력으로 파양당한 여성들로 남자만 보면 경기(驚氣)를 일으켜 격리된 시설에 보호한다는 거였다. 창녀인 어머니에게서 가학적인 성기 훼손을 당한 여아도 있다고 들었다.

"이제 입양아 문제를 다시 봐야겠지요. 미혼모를 인정하면 가정의 틀이 깨진다는 논리로 더 덮어둘 수는 없다고 봐요. 전보다 정부의 지원이 늘었지만 유럽처럼 미혼모를 적극적으로 인정해 우리도 특례법을 만들어서라도 미혼모들에게 제대로 된 생계비와 자녀 교육비를 지원해야 해요."

"이제 우리도 살만한데 고아 수출국이라는 오명에서도 벗어나야 하지만 아무래도 국내입양보다는 원가정에서 클 수 있도록 정부도 신경 써야 하는데 여야는 표가 되는 무상급식과 무상교육에만 매달리니."

"미혼모여서가 아니라 생명은 귀중한 것입니다. 우리 사회의 미혼모에 대한 인식은 바뀌어야 합니다. 낙태죄가 더 큰 죄가 아닙니까?"

"그렇군요. 그런데 지난 4월 11일 헌법재판소에서 헌법불합치 결정으로 66년 만에 낙태죄가 폐지된 것 저도 찬성할 수 없어요. 관련법 개정이 내년 12월 31일까지라니 생명을 너무 경시하는 게 아닌가 싶어요."

(종교계의 반대로 아직 입법화는 이루어지지 않았다)

"시동생이 산부인과 의사인데 낙태죄가 폐지되어서 걱정이랍니다. 환자가 요구한대도 그분의 신앙상 낙태 수술을 할 순 없으니까요."

"그렇겠네요."

나도 그녀의 말에 동의했었다.

질부가 돌아간 다음 오 여사가 왔다. 딸의 결혼 청첩장이었다.

"축하합니다. 사위분은?"

"사회복지사예요. 자원봉사 다니다가 눈이 맞았나 봅니다. 천주교에서 운영하는 시설에서 성장했으니 고아인 셈이죠. 부모님은 휴가 갔다 일가족 교통사고로 돌아가시고 용케 혼자 살았답니다. 다섯 살 때라 부모님 기억도 희미하다고 해요. 바르게 자란 청년이에요. 딸보다 네 살 아래랍니다. 사실 딸은 이혼녀입니다. 남편이 바람을 피우는 바람에 이혼했는데 둘 사이에 아이는 없었어요. 예쁘게 살았으면 해요. 둘 다 심성이 착하니."

"즐거운 나의 집이 이루어지겠죠."

"사위는 천주교 신자인데 부부간에 서로 종교는 인정하기로 했다나요. 결혼식은 간소하게 하고 신혼여행도 동해안 일주하기로 했답니다. 난 봄에 하자고 했는데 마음이 급한가 봅니다. 살면서 장애아동을 입양하기로 했대요."

"정말 기특하네요."

"사위가 사는 원룸엘 갔더니 너무 비좁아 보여 어떻게 살았냐고 물었더니 국토부가 제시한 1인 가구 최저주거기준인 14㎡에도 미치지 못하는 고시원에서 지내는 사람도 있는데 이만해도 행복이래요."

"정말 기특한 청년이군요. 긍정적인 생각을 하는."

"가족이란 것이 꼭 혈통만이 중요한 건 아닌 것 같아요. 비록 낳지는 않았지만, 정성을 다하니 진심이 언젠가는 통하더라고요. 현아는 하나님이 죽은 딸 대신 저에게 선물하신 제 딸이라고 생각해요. 제 친손녀 사진 볼래요?"

핸드폰 사진 속에는 머리는 갈색에 눈은 파란 예닐곱 살 되는 여자 혼혈아가 웃고 있었다.

절에도 교회도 성당도 교회도 몇 번 나가본 적이 있지만 나는 비종교인으로 살아왔다. 딱히 무신론자도 아니었지만.

"남편이 상속해 준 빌딩을 처분해 미혼모와 아동이 함께 생활하면서 자립할 때까지 도와주는 쉼터를 지으려고 해요. 많은 딸들의 친정어머니 그리고 많은 외손자, 외손녀들의 외할머니가 되고 싶어요. 어려서 외갓집에 가면 즐거웠던 것처럼 그들에게 즐거운 나의 집을 마련해 주고 싶어요. 그 아이들이 자라서 이 사회의 인재가 된다면 얼마나 보람 있겠어요? 나 같은 죄인 살리신 그 은혜 놀라와……. 어메이징 그레이스를 부를 때마다 난 눈물이 나와요. 딸과 사위가 도와준다고 했어요."

그녀의 싱그러운 미소진 얼굴은 나에게 심경 변화를 일으켰다. 어쩜 나도 그녀와 같은 신앙을 가져야 하겠다는.

평양냉면

나는 실향민의 자식이다. 나의 출생지는 남한이지만 선대가 살았던 북한의 소식은 나에게도 비감을 자아낸다. 북의 참혹한 소식이 들릴 때마다 난 현명한 선택을 한 부모에게 감사했다.

해방 후 만주에서 귀국한 아버지는 1년여 살더니 이곳은 살 곳이 못 되니 월남하겠다고 먼저 자리 잡으면 3년 후 연락하겠다는 말을 남기고 남한행을 선택했고 그 약속은 지켜졌다. 1946년 11월 3일 38선 이북에서 실시된 최초의 선거는 일요일에 강행되었고 기독교계의 불참운동 속에 치러진 흑백투표함을 사용한 사실상의 공개투표였다. 당대의 지식인이었던 아버지는 그때 이미 북한의 미래를 내다보았던 것 같다. 당시만 해도 38선이 지금처럼 견고하지는 않아 안내원의 지시로 그리 어렵지 않게 내려왔다고 어머니는 말했다. 그때만 해도 토지몰수가 시작되기 전이어서 집과 토지 때문에 큰집들은 내려오지 않았다고 했다. 그렇다고 뭐 우리 가문이 지주

이거나 부유층은 못 되었다. 1·4 후퇴 후 잠깐 피난 왔던 큰아버지와 마지막 열차를 탔던 당숙은 이산가족이 되었고 끝내 이산가족과의 상봉은 못한 채 불귀의 객이 되고 말았다. 통일이 되면 만나라고 이북에 있는 자식들의 이름을 동생들에게 적어주고 떠났다.

나의 부모는 이상하게도 고향이 그립다거나 가고 싶다는 말을 자식들 앞에서 하지 않았다. 감상적인 말이 별로 자식에게 득 될 것 없다고 생각한 것인지 로마에서는 로마법을 따르라고 했던가.

"월남하니 삼팔따라지라고 놀림 받았다."

아버지가 쓴웃음을 지으며 말했었다. 사람들이 순수했던 시절에도 그럼에 지금 31,500명 새터민들도 보이지 않는 차별이 느껴지겠지.

"강원도 사람들이 좀 모질지 못하잖아. 인민재판이니 뭐니, 우리가 영월 살 때 몰랐거든. 피난 가다 내가 인민군에게 붙잡혔는데 끌려가다 다리가 아파 도저히 못 걷겠다고 하니 물끄러미 쳐다보다 가라 그러더라. 퍽 인간적인 사람을 만났으니 망정이지."

생전의 아버지의 회고. 강원도 영월행을 택한 것도 그나마 다행인지도 몰랐다.

시집도 황해도에서 피난 온 월남 가족인데 시어머니는 6·25 전쟁 때 참상을 이야기했다. 시집은 그때 서울 안암동 적산가옥에서 살았다. 경찰 가족이라고 학살하니 수복 후엔 반대로 부역한 사람들이 학살되었다고 했다. 게 중엔 구원(舊怨)이 있던 주민들의 밀고로 서로 죽이고 죽이는 상태가 되어 억울한 희생도 많았다고 평소 인심 잃지 않고 사는 것이 처세라고 덧붙였다. 종친회에서 들은 마지막 월남한 친척에 의하면 후퇴와 수복 과정에서 사돈끼리 밀고하는 바람에 학살되어서 통일되어도 찾을 친척도 없다고 시어머니는 말했다. 시어머니의 삼촌이 공산주의자였다. 작은딸 데리러 갔던 남편의 외할머니는 다시 돌아오지 못했다. 죽기 전에 고향인 해주에 한번 가보는 것이 소원이라고 시어머니는 말했다.

한국전쟁으로 민족대이동이 시작되었다. 서북지방엔 기독교인이 많았고 학구열도 높았다. 남존여비 사상도 남한에 비해 덜했다. 내가 자란 속초만 해도 월남한 함경도 사람이 많았는데 부지런하고 억척스럽다고 할 정도로 생활력이 강했다. 북청 물장수는 일제 강점기 때도 알아주는 학구열 높은 열성부모였다. 월남민이 이후 남한의 발전에 이바지한 바가 클 것이다.

어머니는 항상 직업엔 귀천이 없고 도둑질이나 화냥질 아니면 부끄러울 것도 없다고 했다. 허례허식을 싫어했다. 난 부모로부터 양반 상놈에 대한 편견을 들은 적이 없다. 남녀차별에 대한 언사도 말이다. 특히 어머니는 배움은 없었지만 근면과 정직과 겸손함을 가르쳤다. 강자에게 약하고 약자에게 강한 건 안 된다고 했다.

50년대, 60년대의 산은 온통 나무도 별로 없는 민둥산이었고 잡초가 무성한 들판도 많았다. 가끔 굶어 죽는 사람에 대한 소식도 들리고 석녀라 자살했다는 신문기사도 들리던 때였다. 초등학교 2학년 동네의 마지막 서당이 문을 닫았다.

지금처럼 음식물이 넘치던 시대가 아니라 어머니는 겨울이면 김치를 많이 담갔다. 일교차 때문에 평안도식 김치는 담글 수 없다고 고향의 맛을 추억하곤 했다. 소금의 양도 고춧가루의 양도 훨씬 덜 넣는 김장김치를 말이다. 동치미도 꼭 담갔는데 이북에서 먹던 그 맛이 영 안 난다고 했다. 속초엔 함경도 월남민이 많아서 함흥냉면이 성업 중이었다. 내 입맛엔 딱 맞았는데 어머니는 평양냉면엔 어림없다고 말했다. 그래 얼마나 맛이 있나 궁금했는데 서울 가 우래옥에서 먹어보니 영 닉닉한 것이 내 취향은 아니었다. 차라리 오장동 함흥냉면이나 춘천막국수가 내 구미에 맞았다. 남쪽 지방에 와 진주냉면이 있다는 것도 월남한 사람들이 만들었다는 밀면도 있다는 걸 알았다. 평양냉면은 겨울에 먹어야 제맛이라던 어머니는 통일도 못 보고 타향에 묻혔다.

4월 27일

그날은 화창했다. 지난여름은 가을은 겨울은 올봄까지 전쟁 소문 속에 있었는데 남북회담을 축하라도 하는지 일기도 좋았다. 2000년, 2007년 두 번이나 비핵화 약속을 어긴 북한을 믿어야 되는지 모르지만 이번은 틀리리라는 기대로 텔레비전을 보았다.

평양냉면만큼 시원하지는 못해도 판문점 선언에 국민들은 박수를 보냈다. 북측에서 옥류관 요리사가 만들어 남측 평화의 집으로 배달한 평양냉면은 단연 화제였다. 평양냉면은 CNN에서도 이민

간 가수 출신의 셰프 이지연이 시연해 보여 국제적인 명성도 얻게 되었다.

60년대만 해도 동네에 비만인 사람은 서너 명밖에 없었다. 다이어트라는 말조차 있는지 몰랐다. 미국의 잉여농산물 원조를 받아 연명하던 시절이니 말이다. 언제부턴가 우리 주위에 음식물 쓰레기가 넘쳐나고 비만을 걱정하는 시기가 왔다.

남북회담 탓에 평양냉면집의 매출이 늘어 육수와 고명 등 일시적인 수요증가로 깜짝 특수를 누린 바람에 한파 피해로 겨울 무 저장량이 평년보다 55% 감소한 것도 있지만 무 가격이 평년보다 124%나 올랐다고 한다. 비축량이 풀려 가격은 내려갔다.

남북회담 사흘 후 탈북민 출신이자 북한 정치범수용소 실태를 고발한 요덕 스토리의 정성산 감독이 운영하는 인천 연수구의 한 냉면 전문점의 출입구에 노란색 스프레이로 그린 세월호 추모 리본 표지와 협박하는 내용의 벽보가 붙었다. TV에 그가 보수집회에 참석한 영상이 방영된 후 각종 소셜 미디어와 인터넷 커뮤니티엔 정씨의 식당 이름과 위치를 담은 정보와 함께 불매운동을 벌여야 한다는 주장이 돌았고 방송 직후 하루에 100여 통이나 항의 전화가 걸려왔다고 한다. 과연 나와 견해가 다르다는 이유로 익명으로 이런 사적인 테러를 가해도 되냐고 되묻고 싶다.

나는 누가복음 16장의 부자와 거지 나사로의 비유를 보면서 숙연해진다. 한 부자는 자색 옷과 고운 베옷을 입고 매일 연락(宴樂)을 즐겼다. 그의 대문 밖에는 나사로란 거지가 그의 잔칫상에서 나오는 음식물 쓰레기로 연명을 한다. 거지는 피부병으로 고생이 말이 아니다. 헌데를 개가 와서 핥는다. 그런데 사후(死後)엔 완전히 신세가 뒤바뀌었다. 거지는 천국 가고 부자는 지옥행이란다. 지옥에 떨어진 부자의 죄란 과연 무엇일까? 배려와 나눔이 없이 타인의 불행을 외면한 것일지도. 노숙자 신세에 천국 갔다는 그거야말로 복음이 아닌가. 천국 입장엔 세상의 가치판단은 무시된다. 재력도 학벌도 외모도 그 무엇도 말이다.

복지가 향상되었다고 하지만 아직 복지의 사각지대는 존재한다. 얼마 전 이십 대 미혼부가 신생아와 함께 생활고로 죽었다. 이제 경쟁에 지친 젊은이들은 식사 시간도 아까워 한 끼는 물에 분말 탄 대체식으로 때운다니……. 한 끼의 소중함을 느껴본다.

리선권 북한 조평통 위원장이 9·19 남북회담에서 대통령과 대동한 기업총수들 앞에서 목구멍에 냉면이 넘어가냐고 면박 줄 때 이미 하노이회담의 노딜은 예견되었는지 모른다. 그렇지만…….

난 꿈꾼다. 얍복 강가의 야곱의 기도를 들으셨듯 북한의 지하교인들의 기도와 남한의 기도원과 새벽 제단에서 통일을 간구하는 성도들이 있음으로 언젠가 이 땅에 평화 통일의 날이 오기를.

서울에 옥류관 지점이 평양에도 맥도날드 지점이 생겨나길.

한국의 예루살렘이라던 평양. 주일이면 철시(撤市)가 되던 선천에도 영적 각성 운동의 발원지였던 원산에도……. 우후죽순처럼 교회가 세워지길.

_____ 선생님

사람은 수많은 호칭으로 불린다. 태어난 시기에 따라 원시인 고대인 근대인 현대인 국적에 따라 한국인 영국인 일본인 지역에 따라 강원도민, 경상도민, 전라도민 그리고 누구의 자식과 부모 그리고 형, 누나라는 또 직업에 따른 호칭과 주민등록번호와 ID도.
　선생님이라는 호칭은 고대에도 존재했던 것 같다. 지식의 전수야말로 인류문명의 발전을 이끈 동인이 아니겠는가? 군사부(君師父)일체라 하여 스승의 위치를 임금이나 부모에 비교하였다. 그러나 근래에는 이런 의미가 퇴색되어 교실은 붕괴되고 스승의 위치도 추락하였다. 김영란법으로 스승의 날에도 스승과 제자 간의 선물도 마음대로 못 한다. 내가 학교 다닐 때만 해도 여자 교사는 별로 없었는데 요사인 남자 교사가 드물다니 새삼 세월의 변화를 실감한다.
　나는 한때 젊어서 선생님이라는 호칭을 가질 뻔한 적이 있었다. 나는 아무런 사명감도 없이 형편이 가난한 시집과 남편을 돕는다는 의미로 양성소생이 되었다. 벽지 교사 충원계획으로 고교 졸업생이 4개월간 연수하면 초등교사 준교사 자격증이 주어지고 나중엔 정교사도 된다고 했다. 결국 나는 졸업을 한 달 앞두고 그만두고 말았다. 이제 생각하면 역시 그 결정은 옳았던 것 같다. 난 교사 체질이 아니어서 만약 교사를 했다면 나로 인해 제자들이 많은 상처를 받지 않았을까?

이제 주위에는 고학력자가 넘쳐난다. 그러나 지식은 넘쳐나도 지혜는 부족하고 똑똑한 사람은 많아도 덕이 있는 사람은 드물다. 교육받은 사람은 늘어났지만 범죄율은 늘었다. 교육입국으로 경제는 성장했지만 경쟁사회로 인한 부작용도 크다.

소설가가 되기로 결심한 그해 초겨울 바깥 날씨는 매웠다. 정국은 유신으로 경색되어 있었고 반공 이데올로기는 절정에 달했다. 처음엔 그냥 달콤한 연애소설이나 써서 돈이나 많이 벌면 했다. 그러나 연애경험이 별로 많지 않아서인지 스물다섯이 되니 원 남자라고 다 그렇고 그렇게 보여서인지 달달한 연애소설은 써지지 않았다. 생각이 바뀐 건 여의도 순복음교회에 나가고 나서였다. 세계에서 제일은 오직 여의도 순복음교회밖에 없었으니까 말이다. 그때만 해도 이단이라 하여 정통교단에서 백안시하던 시기였는데 너 같은 애는 꼭 조용기 목사님 설교 듣고 은혜받아야 한다며 한사코 상경하는 나에게 어머니는 여의도 순복음교회 출석을 권하였다. 난 투덜대면서도 죽은 사람 원도 들어주는데 간곡한 엄마의 청이니 한 번 들어주기로 하고 출석하였다. 여의도와 가까운 화곡동에 산 것도 이유로 왕복 시간 버스로 4시간 거리로 이사하기까지 약 2년간 출석하였다. 난 본래 석유도 안 나는 나라에서 교통 혼잡 일으키며 원거리교회 출석할 의사도 없었지만 지독한 멀미도 한 이유였다. 아무튼 여의도 순복음교회 출석으로 난 좀 더 큰 꿈을 가지게 된 건 분명하다. 내가 만약 좋은 평가를 받게 된다면 젊은 날에 그분을 만났다는 사실도 한 이유가 될 것이다.

두어 번 잡지사 투고에 실패한 나는 나의 실력을 인정해 주지 않는 데 분노마저 느꼈고 삼십 대 중반 남편의 사직으로 말미암아 장사를 시작하고는 아예 거들떠보지도 않았다. 쓰지도 않았고 책도 별로 사서 읽지도 않았으며 겨우 신문이나 읽고 지냈다. 트렁크 속에서 나의 작품들은 동면하고 있었다.

IMF가 아니었다면 아마 나의 작품 출판은 더 미뤄졌을 것이다. 난 돈이 필요했고 용기를 내보기로 했다. 만용을 부린 것도.

"이 선생만 한 역량도 없이 작가행세 하는 사람도 꽤 있습니다만."

출석하던 교회 목사님의 소개로 시인이자 소설가인 동창이라는 K대 O교수에게서 들은 말도 한몫을 했을 것이다. "박완서, 이병주, 이문구, 최인훈의 작품을 비교하고 참고하세요."라는 말과 함께.

난 그때 이른 결혼에 아이가 없어서 누구의 엄마라는 호칭 대신 새댁이라는 호칭을 듣던 때였다. 그때 들은 선생이라는 말이 왠지 낯설게 느껴졌었다. 바람피운 남편에게 위자료 내놓으라고 생떼를 부려 신문광고에 난 마포의 어느 소형출판사를 찾아갔다. 건물은 우중충했고 2층 사무실은 단출했다. 책상과 컴퓨터 한 대인 사장과 여직원 1명인 소형출판사였다. 사무실 옆에는 작은 창고가 있었다.

"베스트셀러는 어떻게 만들어지죠?"

"한 오천 있어야 됩니다. 전면 신문광고도 한 열 번은 내야 되고."

"서평광고는요?"

"그것도……."

난 입맛이 썼다. 돈을 벌려면 또 돈을 투자하는 게 상식이구나.

"한 3년만 먼저 오시지요. 이미 소설이 잘 팔리던 시절은 끝나가고 있습니다. K 작가의 데뷔 작품 아시죠? 소형출판사에서 대형출판사로 넘어가서 히트 친 겁니다."

아하 이런 시장도 존재하는구나.

내가 무얼 하겠다고 하자 나와 성은 다르고 이름이 같다는 프리랜서 편집인은 작가의 이미지 버린다고 질색을 했다.

이미 난 베스트셀러 작가가 되기란 험난하다는 걸 직감했지만 저작권 확보 차원에서 출판하기로 했다. 누가 알랴. 100년 후라도 날 알아보는 친구가 있을지.

"재미가 있네요."

편집이 웃으며 말했다.

사실 난 응모를 포기하고 있었다.

"고모 우리 독서 모임에 나오세요. 아무개 아무개도 나와요."

국문과 출신의 친척 조카가 나에게 말했다. 고종 육촌 오빠의 아들이었다. 신춘문예 가작까지는 올랐는데 거듭되는 낙방에 지쳐 있었다. 내가 들으니 나도 이름은 아는 작가도 몇몇 있었다. 문단 진출을 하려면 아무래도 연고를 만들어야 유리하다는 친척 조카의 충고가 있었지만 난 거기에 갈 시간도 여유도 없었다. 버리기 아까워 가지고 있다 쉰이 되기 1년 전 두 작품만 남기고 소각해 버렸다. 시간이 지나니 내가 아무리 힘들여 썼지만, 습작품에 불과하다는 생각이 들었기 때문이었다. 내가 마음에 들지 않는데 누굴 보라 하겠나. 순례자의 노래는 책을 내면서 절반 가까이 잘라내고 편집했으니 온전히 남은 건 「울타리」 한 작품이다.

내가 자비출판 결심을 굳힌 건 탤런트 서갑숙의 고백도 한몫했다. 사실 자기가 보낸 초고는 포르노 소설이 아니었는데 나중에 보니 편집을 통해 내용이 왜곡되었다는 것이다. 이미 나는 당당히 크리스천임을 밝힐 터였고 상업주의와 타협할 생각은 추호도 없었다. 작가의 허락 없이 함부로 내용과 자구를 고치면 안 된다고 계약서에 명기하니 무명작가의 치기에 사장과 편집자가 웃었다(현재는 개선되었다).

"L 씨도 3분의 1은 편집하는데."

편집인의 말.

"돈만 준다고 출판을 해주는 건 아니에요. 어느 정도 작품 수준은 유지해야 하고 찍고서도 유통 안 시키는 경우도 많아요."

친척 조카의 이야기가 많이 참고되었다. 책은 서점가에 유통되었고 시간이 많이 지난 후 나는 출판사가 그래도 신인인 나에게 많은 배려를 했다는 걸 알게 되었다. 약속대로 신문광고도 내어주었고 대형서점의 매대도 그런대로 괜찮은 곳에 비치해 주었으니까.

긴 고통의 시간이었다. 그동안 병마에 시달리며 아들에게.

"내 생전에 다시는 출판하고 싶지 않다. 나 죽거든 출판해서 유용하게 쓰고 싶으면 쓰고. 내가 학연이 있니? 지연이 있니? 부자 남편이 있니? 이제 지쳤다."

그랬는데.

또 난 13년 후 무모한 도전을 하고 말았다. 13년 만에 컴퓨터 자판기를 두드리느라 며칠간 고생해야 했다.

"사실 소설이라야 대박 아니면 쪽박인데 결론은 힘들다는 겁니다. 요사이 소설이 고전하고 있어요. 스마트폰 때문에."

게다가 나는 비주류가 아닌가.

여사장의 말이 사실이라도 난 0.1%의 성공이라도 그냥 있을 순 없다. 나도 내가 넘어야 할 산의 높이를 모르는 건 아니었다. 사업에 실패해 의기소침한 아들에게 병든 어미가 할 일이란 없었으니까. 칠십이 넘어서도 청소하러 다니는 노인이 부럽기도 했다.

"선생님."

이라는 편집 미스터 유에게 난 웃으며 말했다.

"어쩐지 듣기 어색하니 이모라고 불러요. 부산 사람들은 곧잘 이모라고 부르니."

후기 문학파라고 요사인 늦은 등단도 많다. 나의 글이 타인에게 유익이 되길 바란다.

아들은 늦깎이 신학생이 되었다. 누가 어머니가 기도 많이 했냐고 물으면 외할머니의 기도 덕분이라고 말하곤 웃는다. 모든 것이 주님의 섭리이리라. 변방에 돌던 나도 이제 어엿한 회원이 되었다.

잡지의 지면도 할애받고 도움을 주는 문우들도 생겼다.
 이제 독자들은 많이 떠났다. 소설이 잘 팔리던 1990년대는 이미 전설이 되었다. 극히 소수의 작가만이 기획출간이고 다수의 작가가 자비출판이다. 신춘문예나 문예지 추천이 성공을 보장하지도 못한다. 중앙 일간지에 광고를 냈는데 고작 몇십 부 팔렸다는 어떤 작가의 소식도 우울하게 한다. 작가가 대접받는 딴 나라의 이야기를 들으면 처량한 기분이다. 언제 우리나라 국민도 일본을 앞지르는 독서 애호 국민이 되나?
 이제 이야기의 소재는 고갈되고 있다. 창작자의 고통이 따른다. 난 왜 이 일을 택한 것일까 회의도 들지만, 나의 글이 단 한 사람에게라도 위로가 된다면 이제 난 글을 쓸 것이다.

시인의 탄생

삼한사온이란 말이 사라지고 삼한사미로 바뀌었단다. 사흘은 춥고 나흘은 초미세 먼지로 고통받는 현실을 빗댄 말이라나. 중국발 초미세 먼지와 국내의 여러 요인으로 발생한 초미세 먼지로 이제 한국인도 황사 마스크와 공기 청정기가 필수품이 되었다. 초미세 먼지가 담배나 수질오염 교통사고 에이즈 결핵보다 더 인간 수명을 단축한다지만 이 지구적인 재앙에 아직은 뚜렷한 해결책이 없는 듯하다. 다량의 초미세 먼지를 발생한다는 고등어 집에서 안 구운 지도 오래되었다.

 새 학기부터 고농도 미세먼지 비상저감조치 시 어린이집, 유치원, 초·중·고교의 수업을 단축하거나 휴교, 휴원할 수 있게 된다. 사업장도 시차(時差) 출퇴근 재택근무 시간제 근무 등 탄력적 근무 시행을 권고받는다. 초미세 먼지로 정부의 탈원전 정책도 도전을 받고 있다. 태양광이나 풍력발전 같은 재생에너지도 계절별, 시간별로 변동이 심하고 수력이나 지열발전도 지리적인 한계가 있다. 수소차, 전기차도 아직은 대중화되지 못했다.

"왜 그리 빨리 내려왔우?"

상경했다 귀가한 남편에게 묻자.

"말 마. 미세먼지 때문에 시야는 가리지 목도 칼칼하지. 오래 있고 싶지 않아."

"서울 탈출하기 잘했지. 어찌 보면 밀려난 건지도 모르지만."

"……."

"9·13 대책으로 부동산이 내려가곤 있지만 그래도 서울 집값은 아직 높잖아……. 무엇 때문에 서울로 몰리는지."

"그것도 모르냐. 일자리 때문이지."

"큰형부 병원에서 경도인지장애 판정을 받았대."

"그래?"

"장수가 축복인지 모르겠어. 우리 초등학교 땐 우리나라 평균 수명이 48세인 거로 기억나는데 그 두 배로 늘어났지만."

"살고 죽는 것이 어디 사람 뜻대로 되는 거야 말이지. 누구나 구구 팔팔하고 싶지."

"그래도 요사인 조기에 치매 발견이 쉽대. 곧 치료제도 개발될 거라나. 그래도 요사인 얼마나 좋아졌우? 40년 전에 비하면 요양병원도 있고 주간 보호센터도 있고 병세도 완화시키는 약도 있고 돌아가신 아버지 생각만 하면……. 지금은 후회해. 살아계실 때 좀 잘해드릴걸."

"……."

"그러지 말고 당신 가족력도 있으니 이제부터 치매 예방 프로젝트를 가동합시다. 뭐 신체운동은 꾸준히 하고 있으니 두뇌 운동을 자극하는 손 움직이는 종이접기, 그림그리기, 다육이 키우기 등 많지만……. 시를 좀 베껴 쓰는 건 어때요? 덕택에 문학노년이 되어 또 시인이 탄생할지 알아?"

난 깔깔거리고 웃었다. 평생 문학의 문자와 거리가 먼 남편에게 난 시 베껴 쓰기를 권했다. 아버지에게 질린 그는 순순히 내 말을 따라 주었다.

"시라는 게 정서에 좋은 것 같아."

시 예찬론자가 되었다.

"그러다 또 시인이 탄생하는 건 아니야?"

"그건 힘들어. 난 감성이 무뎌서."

"요사인 늦은 등단도 많아. 노인복지관에서 만난 어떤 무명가수는 젊어서 가수가 되는 게 꿈이었는데 먹고 사느라 꿈을 접고 세무공무원 하다 퇴직하고 노래 시작했대. 어쩐지 패션이 튀더라. 찢어진 청바지에 야한 티에 얇은 화장에 동네행사에 불리어 다니며 재미있게 산대. 끼를 누르고 사느라 힘들었을 꺼야."

"부담은 없겠지. 연금도 받을 테고. 먹고사는 거 걱정할 필요는 없으니까."

"참, 사람들이 젊어지려 안간힘 쓰는 판에 어떤 여자는 빨리 늙어 기초 노령연금이나 받았으면 좋겠대. 난 나이가 하도 들어 보여 나보다 위인 줄 알았는데 아홉 살이나 아래더라고. 남편은 없고 오십 대 후반에 식당 일에서도 밀려나 재활용 수거하러 다니는데 자식 도 미혼이고 변변한 직장도 아닌 겨우 아르바이트해 저 치다꺼리하 기 바쁘대. 경제가 갈수록 힘이 드니 큰일이야. 부울경(부산, 울산, 경남) 은 배철수차(선박, 철강, 해운물류, 자동차 경기하락) 때문에 힘들고. 사는 것이 이렇게 힘든데 성경에 보면 구약의 무드셀라는 969세를 살았다지. 그때는 초미세먼지도 미세프라스틱도 중금속오염도 없었겠지만. 미세먼지가 치매나 주름살에 영향이 있대잖아."

마지막 6학년의 겨울이 끝나고 새해가 밝았다. 난 남편이 직장에 서 떨려나지 않은 걸 감사했다. 아무리 험한 말을 하며 싸우면서도 난 한 번도 다른 사람과 비교해 남편의 자존심을 건드린 적은 없다. 박봉에도 매주 두 장 꼭 로또 복권을 샀던 남편이 3년 전부터 사지 않는다.

"형님."

서산에 사는 아래 동서였다.

전화로 안부 인사를 서로 건네고 난 말했다.

"동서 이제 7학년이 되니 지난날을 뒤돌아보게 돼. 내가 잘못하 거나 섭섭하게 한 것이 있다면 용서해 줘."

"무슨……. 섭섭한 것 없었어요."

"그럼 고맙고. 동서도 삼촌 출근하고 시간 때우기 뭐 하면 시숙처 럼 시를 베껴 쓰는 건 어때? 아버님도 치매로 고생했으니 우리 치 매 예방을 위해 노력하자고. 자식들 고생 안 시키게."

"전 가방끈이 짧아서 안 돼요."

"또 누가 알아? 동서도 문학에 대한 잠재적인 소질이 있는지. 오순정 시인."

동서가 까르르 웃었다.

"봄 되면 뜨개를 배우러 다닐 거예요."

"그것도 좋은 생각이네. 참 이제 동서도 예수 좀 믿어."

"그럴게요."

난 선선한 동서의 대답에 기뻤다. 어쩜 웰 다잉에 가장 필요한 건 믿음이 아닐까?

난 노년의 지인을 만나면 시 베껴 쓰기를 권유했다.

"시 낭송도 좋대. 정서적 안정을 준대."

어디서 들었는지 남편이 말했다.

어쩌다 난 소설가가 되었다. 처녀 시절 난 약 60여 편의 시인지 낙서인지를 갖고 있었다. 이런저런 정신적인 내상을 치료하는 데 도움이 되었고 기실 등단의 욕구도 없었다. 결혼과 함께 난 그것들을 소각해 버렸고 난 그저 애독자에 만족하기로 했다. 그렇지만 결국 난 다시 펜을 들었고 이번에 시가 아닌 소설에 매달리고 말았다. 운명인지……

2018년 초 서지현 검사로 촉발된 미투가 어느덧 최영미 시인의 미투로 노벨상 후보였던 한 노시인이 추락하던 그때 난 또 한 시인의 탄생의 소식을 들었다.

이정숙 시인.

내가 젊어 한 4년간 출석했던 강동구 성내동에 위치한 서울 제일 교회 원로목사이신 이신복 목사님의 부인이시다.

"축하합니다. 시인으로 등단하신 걸."

"목사님이 은퇴하고 시간이 남으니까……."

"정말 재능이 있으시네요. 저야 노력파지만 정말 사모님은 재능도 많으시니 열심히 쓰셔서 문학사에 길이 남는 시인으로 남길 바랍니다. 아직도 소녀적 감성을 가지신 게 부럽습니다. 저도 시를 쓰려고 해도 감성이 무뎌져서인지 잘 안 써집니다."

난 정말 기뻤다.

기행과 일탈이 무슨 예술가의 멋인 양 치부되는 걸 난 동의하지 않는다. 예술가도 상식과 도덕의 굴레에서 벗어날 수 없다고 난 믿는다. 맑은 영성을 가진 시인의 탄생을 축하한다.

78세.

백조의 스완 송처럼 인생의 황혼에선 시인에게서 정말 아름다운 시가 나오길.

"내 작품이 실린 문학잡지를 보내 드렸더니 아마 사모님이 자극받으셨나 봐. 문학소녀였대."

"당신 때문에 시인이 되신 거네."

"그럴지도."

"축하할 일이네."

마누라 글 쓰는 건 영 탐탁지 않아 하던 남편의 말.

우리나라도 이미 2017년에 노인 인구가 14.2%로 고령화사회로 접어들었고 2026년엔 노인 인구가 20%를 넘는 초고령 사회가 된다. 요즘 노인들은 자아실현 욕구가 높다.

대기정체 중이던 미세먼지도 일주일 만에 물러가고 비상저감조치도 해제되었지만, 해결은 난제이다.

난 오랜만에 서점에 들러 시집 두 권을 샀다.

그
대
이
름
은

초판 1쇄 발행 2025. 5. 13.

지은이 이영숙
펴낸이 김병호
펴낸곳 주식회사 바른북스

편집진행 김재영
교정 박하연
디자인 김효나

등록 2019년 4월 3일 제2019-000040호
주소 서울시 성동구 연무장5길 9-16, 301호 (성수동2가, 블루스톤타워)
대표전화 070-7857-9719 | **경영지원** 02-3409-9719 | **팩스** 070-7610-9820

•바른북스는 여러분의 다양한 아이디어와 원고 투고를 설레는 마음으로 기다리고 있습니다.
이메일 barunbooks21@naver.com | **원고투고** barunbooks21@naver.com
홈페이지 www.barunbooks.com | **공식 블로그** blog.naver.com/barunbooks7
공식 포스트 post.naver.com/barunbooks7 | **페이스북** facebook.com/barunbooks7

ⓒ 이영숙, 2025
ISBN 979-11-7263-362-2 03810

•파본이나 잘못된 책은 구입하신 곳에서 교환해드립니다.
•이 책은 저작권법에 따라 보호를 받는 저작물이므로 무단전재 및 복제를 금하며,
이 책 내용의 전부 및 일부를 이용하려면 반드시 저작권자와 도서출판 바른북스의 서면동의를 받아야 합니다.